Sword Art Online 刀劍神域外傳

Gun Gale Online

6

—One Summer Day—

Sword Art Online Alternative
Gun Gale Online 6
One Summer Day

時雨沢恵一
KEIICHI SIGSAWA

插畫／黑星紅白
KOUHAKU KUROBOSHI

原案・監修／川原 礫
REKI KAWAHARA

Kadokawa
Fantastic
Novels

CONTENTS

Sword Art Online Alternative
GUN GALE ONLINE 6
One Summer Day

Sword Art Online Alternativ
Gun Gale O
One Summe

Roy
Hassan
Cain

Sword Art Online刀劍神域外傳

GUN GALE ONLINE

6

One Summer Day

時雨沢恵一
KEIICHI SIGSAWA

插畫／黑星紅白
KOUHAKU KUROBOSHI

原案・監修／川原 礫
REKI KAWAHARA

Kadokawa Fantastic Novels

PROLOGUE 序章 I

夏日的某一天——

我回到戰場。

不對，是被帶回去。

然後我就清楚地知道。

人生最重要的地點不是戰場。

而是家人在等待的日常生活。

人生最重要的行為並非賭博。

而是確實地活下去。

一直沒有注意到這一點的我——

那一天，在那個戰場上陣亡了。

那一天——

我得以回歸日常。

一輩子都忘不了那個夏天的事情。

PROLOGUE.2　序章 II

二〇二六年八月二十三日(星期日) 二十點二十分

「等一下!救救我!Help!」

伙伴們對蓮悲痛的叫聲有所回應。

「沒辦法~」

「哎呀,這真的辦不到,抱歉。」

「對不起。這邊被狙擊手瞄準了。從剛才就無法探頭。」

以Pitohui、不可次郎、M這樣的順序傳回戴著通訊道具的蓮耳朵裡。

「嗚!你們這幾個無情的傢伙!讓魔女變成青蛙好了!」

蓮開始咒罵、詛咒起同伴。

身穿粉紅色戰鬥服,兩邊腰間掛著彈匣袋,手拿粉紅色P90的蓮,整個人縮在石頭牆壁旁邊。

石頭並非粉紅色。而是和天空一樣是暗沉的灰色。

寬10公尺,高1公尺左右的石牆要隱藏住蓮嬌小的身軀可以說是綽綽有餘。照理說應該是這樣才對。

但是……

磅咚！

「嗚呀！」

石牆邊緣就隨著轟然巨響被轟出直徑數十公分大的圓洞。蓮也因此發出悲鳴。

噠啊啊啊啊嗯。

最後來自遠方的槍聲，聽起來就像是狼在遠處嚎叫一樣。

被轟飛的石牆不是在蓮面前，所以她才能發出悲鳴，要是在眼前的話，碎片就會擊中蓮的顏面，直接削減她一半的ＨＰ。而且也根本沒有多餘的心思發出悲鳴。

「嗚咿！」

蓮對自己的幸運呼出一口氣，緊接著……

磅咚、磅咚、磅咚。

「呀！噗咿！啊呼！」

聲音和悲鳴重疊在一起，然後牆壁每次都會被轟掉一些。蓮能躲藏的地點越來越少了。

蓮躲藏的石牆周圍１００公尺只有一整片黑色潮濕的土地。根本沒有其他可以逃走、藏身的地點。

原本還認為如果是敏捷度極為優越的蓮，高速衝刺的話或許可以逃過敵人的射擊，結果也證明不可能辦到。

因為蓮在稍早之前就準備用高速衝刺來橫越這個戰場，結果被機槍的連射擊中才會逃到這裡來。

好不容易逃到石牆後面躲開機槍的掃射，心想「這裡應該沒問題吧」時，巨大子彈就開始飛過來擊碎牆壁。

磅咚。

「呀咿！」

蓮雖然嬌小，但現在藏身之處也越變越小了。石牆僅剩下3公尺左右的寬度。

還以為待在遠方的同伴可以為自己提供援護……

「從那種破壞力來看，最少也有50口徑。對方擁有反器材步槍嗎？真令人羨慕。」

「Pito小姐，妳在ＳＪ２使用的那把呢？」

「那把嗎？擁有者不願意賣給我啊。而且那個時候把它弄壞了，害對方大發雷霆，說絕對不會再借給我了。」

「我也在練功區尋找著可能會掉下反器材步槍的怪物。」

「那麼，如果我找到了，妳願意天價收購嗎？」

「當然了！不可小妞拜託妳啦！」

結果他們在安全的地方熱絡地聊著其他話題。連「援護射擊」的「援」字都沒一撇。

不過他們三個人是在很遠的地方，蓮也很清楚援護的效果相當薄弱就是了。

「可惡！」

蓮身旁的牆壁崩塌，僅剩下些許寬度。很明顯就能看出下一發子彈飛過來的話，自己將連同牆壁被轟飛……

「嗟啊！」

相信自身實力的蓮。

為了在死中求活而衝了出去。

然後就被擊中了。

機槍發射出來的彈雨，朝著蓮衝出去的地點「前方」飛去。完全是在等待這個瞬間。對方漂亮地識破她的行動並做出這樣的射擊。

「咦！」

在緊急煞車之前嬌小的身軀上就到處都是彈痕，蓮的ＨＰ也以猛烈的速度減少。

血條從黃色轉變成紅色，而且速度還毫不減弱……

「不行嗎……可惡！那些傢伙——好強！」

當蓮了悟自身的命運並開口咒罵的瞬間，ＨＰ就歸零了。她的腳失去力量，嬌小身軀直接橫躺到地上。

蓮在瀕死之前看見了。

潮濕土壤對面５００公尺之外的地方，有一座靜靜聳立的歐風古堡。

應該打倒的敵人就在裡面，卻無法接近的惡魔之城。

視界最左上角的地方，一名伙伴的ＨＰ條消失，確認名字上亮起×符號，並且開始倒數一八〇秒的Pitohui……

「好了，小蓮她死亡嘍。」

開口小聲地這麼呢喃。

SECT.1　第一章　戰鬥開始之前

二〇二六年七月三十一日（星期五）　十五點七分

「『第一屆，如何讓小比類卷香蓮小姐了解自己很強會議』現在開始！」

東京某處的某個房間裡，穿著女校夏季制服的辮子少女站著對天花板舉起手，同時高聲做出這樣的宣言。

周圍穿著同樣制服的五名年輕女孩……

「哦～！」

「哇～！」

「開始了～！」

發出這種高興的聲音，然後啪啪地拍起小手來。

五個人包圍著低矮圓桌，屁股直接坐在白色絨毯上面。

桌子上放著六個裝著冰紅茶，表面結了一層露水的玻璃杯，以及大大小小裝了許多零食的盤子。種類多到甚至讓人覺得是不是把超市裡的零食都買來了。

這是盛夏某個天氣相當好的日子。天空中炫目的光芒從掛在大窗戶上的蕾絲窗簾外照射進

來，設置在天花板上的空調非常努力地運作著。

「那麼恕我冒昧，就由我這個社長來擔任這次的議長吧。」

邊說邊坐到絨毯上的黑髮辮子少女，同時也把手朝著夾了巧克力的餅乾伸去。

她的名字是「新渡戶咲」。目前是都內名門女子大學附屬高中部的高三生，同時也是新體操社社長。雖然是不知道有沒有一五〇公分的嬌小身材，但是在場的女孩子幾乎都差不多。全都是小不點。

咲晃動著辮子，咬了一口餅乾……

「那麼，香蓮小姐前幾天在電話裡跟我說『我也想要變強』。」

開始對五名新體操社伙伴搭話。

她們各自以嚴肅的表情邊吃零食邊靜靜地傾聽。

坐在咲右邊的是「藤澤加奈」。是一名留著及肩直髮，臉上帶著好勝表情的女孩子。她同樣是高三生，同時也是副社長、咲的好友兼得力助手。

「各位，大家對於這件事有什麼看法？」

咲以老氣橫秋的口氣這麼問道……

「真是難以置信。」

加奈剛吃完包著鳳梨醬的棉花糖就開口這麼回答。

「唔嗯，妳的意思是？」

「說起來有點長，沒關係嗎？」

「唔嗯。說說看吧。」

「明明已經那麼強了。以上就是我的說明。」

「好短！」

做出猛烈吐嘈的是坐在加奈對面的短髮少女。

以女孩子來說幾乎已經是極限的短髮，搭配著就算說是少年別人也會相信的英俊臉龐。她的名字是「楠莉莎」。高二生。當然也是社員。

吐嘈完之後，莉莎嘴巴的工作就切換成一次塞進五顆雞蛋小饅頭。

「真的很符合香蓮小姐的個性。」

莉莎身邊的少女以從容的口氣這麼說道。

她是一名把黑色長髮綁在身後，看起來相當沉穩的女孩子。和莉莎一樣是高二生，名字叫「安中萌」。

萌說完這些話，手就朝著咖哩口味的洋芋片伸去。然後不停吃將起來。

咲發出「唔嗯」的沉吟。

「沒錯。香蓮小姐明明那麼強了，卻還想變得更強！但那不像武術家不厭其煩地追求強大時下定決心的發言，單純是相信自己還很弱的真心話。」

咲輕拍了一下桌子發出「咚」一聲，盛零食的盤子也跟著晃動。

「我們無論如何都必須讓香蓮小姐理解她『十分強大』的事實！」

議長的演說雖然充滿了熱情，但是內容其實和一開始所說的話沒有什麼不同，這幾分鐘根本沒有任何進展。只有零食不停減少。

準備讓零食變得更少而把白皙手臂伸過來的是唯一一名金髮的少女。及肩的波浪長髮當然是原本的髮色，而且天生就有一對蔚藍的眼睛。

「米蘭．斯德諾娃」是在日本出生的俄羅斯人少女，她是第三個高二學生。米蘭拿起最喜歡的醋昆布，在把它放進嘴裡之前……

「但是，比如說我們很努力，結果把她殺掉的話，我想她就會覺得『我果然很弱』。」

就以相當危險的單字說出了內心的想法。

這裡所謂的殺掉當然不是真正的殺人。

指的是她們腦袋裡頭的共識——可以投入所有五感來遊戲的完全潛行型虛擬實境遊戲。

具體來說，她們目前是在討論附屬女子高中新體操社以及香蓮都在玩的「Gun Gale Online」（ＧＧＯ）。

桌子上可以看見其中一種零食是把蜂蜜淋在黃豆粉裡的麻糬上，此時米蘭身邊有一名少女就一邊注意不讓鼻息吹走黃豆粉一邊吃著這種零食。

以小竹籤順利叉起麻糬，一口把它吞下去後……

「嗯～好甜喔～」

做出充滿幸福感感想的少女名叫「野口詩織」。把黑髮剪成鮑伯頭的她，有一張日本娃娃般的臉龐。她目前是高三生。

「唔嗯。詩織妳覺得如何？當然我問的不是那個麻糬。」

面對咲的問題……

「嗯，這個嘛——」

結束咀嚼與吞嚥的詩織一臉認真地回答：

「我覺得我們努力打倒香蓮小姐——因為是在遊戲裡，應該說打倒『蓮』和讓她『察覺自己很強』是有點矛盾又不太矛盾的一件事。我們絕對不算弱，而香蓮小姐也承認我們的實力了。所以徹底讓蓮痛苦後再打倒她也可以，無法成功直接落敗了也沒關係。不過，可以的話還是想獲勝。」

看起來乖巧的美女做出的強硬發言，讓咲「啪」一聲拍了一下膝蓋。

「唔嗯！我就是想聽這種意見！」

「那麼——」

加奈以吃完葡萄口味軟糖的嘴開口這麼說。

「也就是說跟之前一樣，把蓮當成我們『附屬高中新體操部』永遠的對手並且與其對抗就可以了吧？」

「正是如此！」

「真令人期待！我想再次全力與她戰鬥！」

口吻相當男孩子氣的莉莎，這時的聲音聽起來很興奮。接著手就朝著銅鑼燒伸去。

咲滿足地不停點頭，然後回頭看向後方。

緊接著……

「事情就是這樣，妳應該了解我們有多認真在面對這個難題了吧？」

她就對這個房間的主人提出問題。

由客廳整個打開的門所連結的隔壁房間，坐在該處床上的是——

從剛才就按照指示一直默默聽著討論的，身高一八三公分的高挑女性。

也就是小比類卷香蓮她……

「這個……」

只是露出感到困擾的表情並這麼回答。

＊　＊　＊

當香蓮正和新體操社的眾人一起舉行零食派對的時候，日本全國各地也有許多人正在進行各種不同的事情。

比如說，名為神崎艾莎的嬌小創作型歌手……

「喂，沒有其他鍛鍊腹肌的方式了嗎！」

「咕！」

正以拳頭毆打名為阿僧祇豪志的年輕男性那強壯又緊實的腹部。

兩個人在東京某處自宅公寓裡相當寬敞的房間當中，穿著同樣的短褲和慢跑衫這樣的運動服裝來流著汗水。

已經滿身大汗的艾莎，還是不停地對青年的腹部出拳。為了不傷及拳頭，手上戴著簡樸的拳套。

豪志則是繃緊腹肌，像門神一樣站在那裡。即使挨揍也幾乎沒有晃動。不光是靠腹肌，體幹也要鍛鍊到一定程度才能夠如此沉穩。

「看招！左拳右拳！」

「咕！咕！」

揍人的當成在練有氧拳擊。被揍的則是鍛鍊腹肌。

乍看之下是相當健康地在鍛鍊身體……

「還要嗎？要揍更下面一點的地方嗎？」

「再來！再下面一點！」

實際上一點都不健康。

比如說名為篠原美優的女大學生，在涼爽的北方大地——北海道正中央的某座大車站前面……

「今年真的超熱……地球暖化越來越嚴重了嗎？還是說，這就是網路上有名的『殺死道產子的夏天』……？」

正一個人等待著約會的對象。

身上穿著粉色系且加了荷葉邊的的洋裝這種可以迷死一部分男性的爽朗大小姐服裝，髮型也變得比較沉穩。臉上不像平常一樣戴眼鏡而是換成了隱形眼鏡。

然後額頭流了一大堆汗水。

車站前的巨大溫度計，顯示著以這個地方來說算是相當高的數值。似乎就要到達可以顯示的上限值了。

「可惡，太早到了。但是躲在車站裡面最後才出來的話，對方會想『這傢伙自己躲在裡面納涼』吧……先告訴他『我在車站裡面』也有點不妥……」

美優因為周圍沒有其他人就大剌剌地呢喃著自身的想法……

「算了，忍耐是女性的美德！」

叫了一聲振作起精神後，就選擇露出若無其事的表情繼續站在炎熱的車站前面。

順帶一提，這是幾天前和其他大學聯誼時，和某個很聊得來的男生交換聯絡方式後的首次約會，只不過——

幾個小時後，雙方都產生「沒辦法和這傢伙交往下去！」的想法而和平分手了。

比如說以「大衛」這個虛擬角色名稱來玩ＧＧＯ這款遊戲的男性玩家……

「打擾了！」

對著前往拜訪處的門大聲打招呼並深深低下頭。

地點是千葉縣成田市的住宅區。

深藍色天空中飄浮著幾朵白雲，起飛之後的飛機也浮在空中。

在這個盛夏時節，此地的氣溫又比北海道高了好幾度。到處都可以聽見蟬鳴。

男人穿著某知名宅配公司的短袖襯衫制服，目前正跑回停在狹窄道路上那輛印著公司標誌的電動卡車(EV)。

年齡大概是三十五歲左右，短髮又健壯的體格，讓人聯想到柔道選手。每天從事宅配而曬出健康膚色的強壯手臂迅速繫上安全帶。

男性按下方向盤旁邊的按鍵啟動車子的系統，眼睛看向卡車顯示下一處宅配地點的螢幕。

輕輕操縱排檔桿並踩下油門後，卡車就藉由電動馬達的力量靜靜跑了起來。

同一時間，怕太過安靜而造成危險，對著行人發出的警報聲也尷尬地開始響起。

男人小心翼翼地行駛在住宅區狹窄的道路上……

「天氣真好。天氣這麼好的日子會讓人想開槍。然後，這次一定要幹掉那個女人……」

開口細聲呢喃著聽起來相當危險的內容。

當然他指的是在GGO內的事情，而那個女人當然就是在上一屆Squad Jam遭其背叛的Pitohui了，不過這句呢喃傳進了卡車的行車紀錄器裡面——

之後來到公司進行臨時安全駕駛檢查的上司便斥責他「這究竟是怎麼一回事」。

比如說，靜岡縣的伊東市裡……

「老師！Bye Bye！」

「好的，路上小心。現在外面很熱，當心不要中暑了。」

看見水手服女高中生元氣十足地朝這邊揮手後，男人也向其揮手並露出爽朗的笑容。

年齡大概是二十歲後半。頭上是平凡無奇的髮型，有著一副纖細的臉龐。銀框眼鏡加上沉穩的西裝打扮，給人一種文青的印象。

這裡是某棟大樓內的小規模補習班，入學學測夏季衝刺班的白天班剛剛結束，最後一名學生走出教室。

「老師，辛苦了。在晚班開始之前要不要休息一下？我幫您準備茶和點心吧。」

從回過頭的男性近處對他搭話的是剛到這間補習班打工，職務是助理的嬌小年輕女性。她是一名女大學生，年紀大概是二十出頭。

打工的女孩子筆直往上看的表情裡帶著一絲陶醉。她每次向男性搭話都會靠到相當近的距離，毫不掩飾自己對於男性的好感。

只要不是太遲鈍的男人，大概都能看出眼前的女性喜歡自己吧。

而該名男性……

「謝謝妳。不過我想先把考試卷改好，之後再喝杯茶即可。」

卻完全發揮出天生的遲鈍，以爽朗的笑容以及千篇一律的客氣口吻謝絕了對方的好意。

「這樣啊……」

打工的女孩子露出沮喪的表情，隨著垂下的肩膀一起退了下去，男人看都不看她一眼，坐到自己在補習班辦公室的位子上，開始改起英文考卷。

二〇二六年的現在，有許多補習班都是用平板電腦來作答，但這裡還相當傳統地用著紙張。男人迅速在試卷上打上〇×的符號。

他改考卷的動作相當熟練。以驚人的集中力持續進行著產業機械般的動作，一會兒就改完數個班級總共五十張左右的考卷。

在桌子上咚咚兩聲整理好考卷之後，把它們分別裝進班級專用的檔案夾裡，男人這才鬆了一口氣。他隨即拿出放在辦公桌抽屜內的智慧型手機。

為了不妨礙工作，已經把鈴聲、震動與通知全部關掉，所以看見畫面後才首次注意到那個訊息。

畫面上寫著一行簡單的文字。

「拿到那個東西了。」

內容雖然如此簡單……

「嗚！」

男人卻靜靜地以空著的手握緊拳頭。端正的容貌上出現皺紋，同時閉上眼睛露出了明顯的微笑。

下一刻，打工的女孩子就像是新婚妻子一樣，拿著冒著熱氣的馬克杯迅速出現在辦公室裡面……

「發生什麼好事了嗎？」

然後以興奮的聲音這麼問道。

只要能夠和男性對話，什麼話題她似乎都能接受。可以看出她帶著不論什麼回答都能夠延續下去的氣概。

然後男人就以冷靜的態度把手機放回抽屜……

「嗯……抱歉，其實是一封訊息，不過和工作無關。本來上班時是不應該看手機的。」

剛說完這種一板一眼的回答……

「謝謝妳總是幫我準備茶水。」

就隨著拘謹的道謝接下了馬克杯。

難得辦公室只有兩個人，打工的女孩極度希望能夠跟男性好好聊天，但是男性卻幾乎無視她的存在，只是以看不出覺得好喝還是難喝的表情開始喝起茶來。

「……………我去打掃一下環境。」

男性的眼睛完全不看向沮喪的女孩子。

打工的女孩子消失在教室當中，男性就再次拿出手機，然後悄悄地看著畫面。

再次看著由Gun Gale Online的手機用訊息應用程式傳送過來的文章，臉上也再度露出微笑的他，本名是「志乃原修哉」。

他是分散在日本各地，最喜歡機關槍的ＧＧＯ隊伍「全日本機關槍愛好者（ＺＥＭＡＬ）」的其中一人。

比如說，某個家住神奈川縣某地的五十多歲小說家……

「啊～沒辦法寫小說了！好睏喔！我可以睡了吧？可以吧？」

在網路的短文投稿網站上寫了這種丟臉的文字，讓全世界都知道自己丟臉的事蹟。

凌亂地堆著漫畫、雜誌以及空氣槍的桌子上，還放著工作用的筆記型電腦。男人坐在椅背相當高的椅子上，毫不猶豫就直接閉上眼睛準備睡午覺。

這時他的電腦傳出「收到郵件」的聲響。

「啥？原稿還沒完成喲～」

睜開惺忪睡眼所點開的郵件程式裡，出現一長串英文的內容。短短一秒鐘之後，自動翻譯機就把內容轉換成完美的日文。這個世界真是越來越方便了。

瞇著眼睛仔細看著文章的男人……

「我加入！」

立刻猛然探出身子。

看來突然間睡意全消了。

＊　＊　＊

日子就這麼過去，來到四天之後。

八月四日，星期二。

香蓮回到正處於炎熱酷暑之中的老家北海道。上個月底和新體操社的眾人舉行完零食派對的兩天後就搭上飛機，暨春假之後再次返鄉。

然後為了慶祝和目前依然居住在故鄉，自己表示在地方上「喊水會結凍」的篠原美優再次見面而來到最近的複合式餐館，兩個人就在那家從高中時代就經常前往的熟悉店家裡閒聊著。

兩人都是做T恤加上短褲的極休閒打扮。

「不是被甩，是我甩了他！兩者之間的差異很大！超級大！」

美優先是熱切地說明著前幾天約會完就立刻分手的事情，等這個話題告一段落，香蓮便把話題改變成ＶＲ遊戲。

把咲她們像隔天還想繼續玩遊戲的小孩子般，懇求自己「要再次全力對戰！說好了喔！」的事情告訴美優之後……

「但是，怎麼說呢……現在有點猶豫是不是要繼續玩ＧＧＯ了。」

香蓮無精打采地這麼說道。感覺高大的身軀好像整個縮小了。

「怎麼回事？」

拿起吃著披薩時加點的現炸薯條（大），沾了大量番茄醬然後吃將起來的美優朝對面的香蓮這麼反問。

「這個嘛……簡單說起來就是雖然是在遊戲當中，但是可以繼續享受射殺他人這種殘酷的事情嗎？」

眨眼。美優眨了眨賽璐珞眼鏡底下的眼睛。

「喂喂，為什麼事到如今又退回那種地方去了？」

她的口氣聽起來相當傻眼，不過沒有指責的意思。

香蓮用吸管吸了一小口不論是現實還是虛擬世界都很喜歡的冰紅茶後……

「那個……開始玩ＶＲ遊戲的理由是『想成為另一個人』，而這個慾望算已經達成了，所以就想差不多該找其他的興趣了……嗯，像美優一樣考取駕照然後開車之類的？」

「前幾天把爹地車子的後車廂和家裡的牆壁撞出同樣的凹陷後，我的駕照差點就被丟進碎紙機裡。我們家的車子實在太大啦。」

「…………嗯，那就找找其他的興趣——」

「喂，小比啊。」

美優發出低沉且凶狠的聲音。

「妳不會是看了最近電視時常在播放的『夏季戰爭特別節目』了吧？什麼沖繩戰爭怎麼樣啦，與恐怖分子的戰爭怎麼樣啦，戰後81年怎麼樣啦的那種節目。」

「呃……」

「啊～一定看了吧。果然直接受到影響了。」

美優中斷了消除盤子上薯條的行為。

「我說啊，ＧＧＯ是靠槍械殺人喲。做的全是些在現實世界辦不到的事情喲。但是，那怎麼說都是遊戲喲。享受過程然後變強，在裡面大開殺戒也不會有人真的死亡。嗯，先不管ＳＪ2的時候有一小部分瘋狂之徒的例外。You see？」

「是啦……」

「我雖然玩了美國製的爽快強盜動作賽車遊戲，在裡面撞飛城市裡無辜的路人，現在雖然有了駕照，也沒有實際在家裡附近這麼做喲。」

「真的做了的話就不得了了。連東京都會看到新聞吧。」

「只要知道兩者之間的差別就沒問題了。小比，妳大學畢業後會想當傭兵嗎？想加入法國的外國人部隊？」

「怎麼可能。」

「那就ＯＫ。」

「嗯……」

面對似乎還是無法完全接受這種說法，內心尚且抱持著疑慮的香蓮，美優就用再次拿起的薯條指著她並且提問。老實說這種行為實在沒什麼禮貌。

「那要不要來ALfheim Online玩一下？」

看著美優咧嘴露出奸笑的模樣……

「…………」

香蓮思考了起來。

大概是一年前發生的事情。

整個事情的起源，也就是最先準備玩的完全潛行型ＶＲ遊戲，就是美優深深為之著迷的

ALfheim Online，簡稱ＡＬＯ。那是有許多長了翅膀的妖精所居住的彩色炫目世界。

「那樣，或許也不錯……」

雖然只是暫時，但是要和喜愛的小不點蓮分離還是很令人難過，只不過香蓮還是不否定這種可能性。

只要是基礎系統一樣的ＶＲ遊戲，角色就可以藉由「轉移」來移動到其他遊戲。美優已經數次證實過，可以帶著ＡＬＯ裡還算有名氣的角色「不可次郎」的強度來到ＧＧＯ的世界。

香蓮感覺現在的話，也可以容許最初製造出來的高大虛擬角色，而且覺得那樣也不錯……

「然後，我話先說在前面，ＡＬＯ是『劍和魔法』的世界，所以戰鬥很殘酷喲！」

美優則是以今天最為高興的態度對香蓮這麼說道。

「也有遭到伏擊，一回過頭腦袋就被超大斧頭剖成兩半的情形。或者是把對手從胸部砍成兩半。甚至是用長劍同時刺穿兩名可愛的貓耳部族。其他像是被紅蓮之火焚燒、被榔頭打扁、飛行時被擊落等等。若是覺得因為是奇幻世界，所以戰鬥也帶有奇幻風格的話，那就大錯特錯了。拿槍械基本上都算是長距離攻擊，我甚至覺得這樣殺人的感覺還比較稀薄呢。」

幸好餐廳冷清到讓人懷疑這樣竟然還能夠繼續營業下去。這樣的對話實在不太能讓其他人，而且還是在用餐的人聽見。

「嗚……」

「小比啊。『看見戰爭紀錄片所以討厭起槍戰』只是謊言吧？」

「嗚——」

「妳的心思全寫在臉上了。其實是承受Pito小姐和ＳＨＩＮＣ的老大那種直來直往且純潔——嗯，Pito小姐的是有點扭曲啦，但還是鮮明、強烈的『對抗意識』，讓妳感到困擾，因此才盡可能想要逃離戰鬥對吧？」

「…………」

「在這種情形中又看了夏季戰爭特別節目，就想把它拿來當成可愛的藉口吧？」

「…………」

「啊哈哈哈！不行不行，妳得好好面對大家！因為妳就是變得那麼強了。既然點燃對手的競爭心，最少該有認真跟人家戰鬥一次的義務。想逃離現場的話，就等下一次的『戰爭』結束之後吧。至於那是什麼時候，我現在也不知道就是了。」

「…………」

「而且妳其實也很清楚，『戰鬥是很快樂的一件事』吧。不論男女老少，只要是人類就有鬥爭心。承認這一點並藉由遊戲來抒發並不是件壞事。Let's enjoy吧。」

原本說不出話來的香蓮，這時以氣憤的表情說道：

「所以說超能力者真的很令人困擾。怎麼不把這種能力用在外國人身上呢……」

「哇哈哈。小比太容易懂了啦。不過這也是妳的優點。」

「唔，這是在調侃我嗎？」

「是啊。」

「唔！看我吃掉妳的薯條！」

「嗯，吃吧吃吧！不夠的話盡量點沒關係。還有很多原本要用在男人身上的錢。」

接著兩個人就變成了狂吃馬鈴薯的女人。

她們就這樣不停地吃了許多馬鈴薯。

「小比啊，夏季戰爭特別節目每年都一樣，不用那麼認真地看啦。跟那個比起來……」

「跟那個比起來？」

嚼嚼。

「妳應該看怪奇特別節目啦。」

「那才都一樣吧！」

嚼嚼。

「換個話題吧，我最近迷上在網路電視上看懷舊動畫。」

「又迷上奇怪的事情了。」

嚼嚼。

「爸媽他們看過的昭和時代動畫，想不到還滿有趣的。」

「這樣啊。」

嚼嚼。

兩個人攜手合作將追加的第二盤薯條（特大）吃光時——

噗噗噗。噗嚕嚕。

兩人的智慧型手機就同時從手提包和座位上震動了起來。

「嗯？幾乎同時震動，就表示是那個嗎？從GGO傳來的？」

美優這麼說著，然後以紙巾擦拭手上的油之後就拿起手機。

香蓮雖然也從手提包裡拿出手機，不過美優說得沒錯，如此同步傳過來的訊息，最有可能是來自於GGO營運公司。如此一來內容應該也一樣，於是她便直接等待美優看完內容，為了滋潤吃太多薯條而乾渴的嘴巴而喝起了冰紅茶。

「哦！」

美優的眼睛閃爍著妖異的光芒。

「果然是來自於GGO。而且開頭是『諸位至今為止曾經在Squad Jam當中贏得前幾名的小隊成員』。」

「……？」

香蓮認真地歪起頭來。完全想像不到是什麼樣的內容。

美優閱讀本文的時間，香蓮度過了一段只聽著店內BGM的時光。郵件可能很長吧，經過了一分，不對，是將近兩分鐘的時間。

途中，香蓮雖然也興起看自己手機的念頭，但總有種一看就輸了的感覺，所以就一直等待著。

然後……

「哈哈！」

美優隨著最棒的咧嘴笑容抬起頭來。接著很高興般這麼說道。

「小比，好消息。『戰爭』要開始嘍。」

＊　＊　＊

致GGO名列前茅的隊伍諸位成員：

前略。

一開始必須先告訴各位，請包涵我這篇凌亂的文章。因為我實在不會寫正經八百的信件。

我是主辦ＳＪ１和３的小說家。雖然發生了許多事，但還是健康地活著。

這次是為了邀請ＳＪ名列前茅的諸小隊成員參加很棒的遊戲而寫了這封信。

我想這會是個很有趣的體驗，所以請把這封信看完吧。

本月份（二〇二六年八月）十六日（星期日）的二十點開始，於ＧＧＯ內的特設戰場舉行與Squad Jam不同的遊戲。

這並非我的提案，而是因為交涉ＳＪ１而變熟，目前在ＧＧＯ營運公司「ＺＡＳＫＡＲ」上班的朋友（姑且稱他為史密斯先生）所提出的案子。

包含參加方式在內的遊戲詳細內容與規則已經確實地寫在附加檔案當中，要在這裡簡單介紹的話，大概就是──

「為了檢驗由全新製造的ＡＩ所操作的ＮＰＣ有多少戰鬥力的遊戲測試」。

由於不像ＳＪ那樣有名字，所以就以「２０２６０８１６遊戲測試」來稱呼（之後統稱「遊戲測試」）。

專用特設戰場上設置了由新型ＮＰＣ們防守的「據點」，請複數小隊同時開始攻略。

由最先攻陷敵人大本營的隊伍贏得優勝。因此就算沒有消滅所有敵人ＮＰＣ也ＯＫ。生擒他們也無所謂。嗯，不過我想不殺了他們的話也很難攻陷據點吧。

這次參加的小隊之間不一定要自相殘殺。當然，要那麼做也完全不是問題。

史密斯先生表示，敵人NPC搭載了GGO開發人員傾全力製作出來的最新遊戲用AI（人工智慧），實力原本就非同小可的它們，甚至可以在遊戲當中進化。使用的也全是最新的強力裝備。

於是他認為死亡一次就結束實在有點嚴苛，所以攻擊方這邊採3條命制。也就是說，戰死兩次都可以回到遊戲當中。第三次死亡的話就算出局了。

在標榜個人技術的GGO當中，收到這張邀請函的各位都是無可挑剔的優秀小隊玩家。

雖然在盂蘭盆節休假期間應該有許多事要忙，但是還請大家幫忙讓GGO有更進一步的發展。

兩名成員的小隊就能夠參加這次的測試，但可以的話希望能夠以上限的六個人，並且帶著所有裝備來參加，因為這樣才能獲得更多的測試檔案，真的很感謝大家的協助。

另外本次測試將給予參加戰鬥的玩家適當的經驗值，優勝隊伍也能贏得祕密的豪華商品。

那麼，就請大家踴躍參加了。

附註：對方要我不要參加，所以我不會出現。

＊　＊　＊

全日本在ＳＪ裡名列前茅的玩家同時收到了這封信件——

「妳、會、參、加、吧！」

然後立刻有所反應，短短三分鐘後，香蓮看完信件的同時就傳送訊息過來的正是咲。

「會、參、加、喲！」

即時有所反應，擅自用香蓮的智慧型手機回傳訊息的正是美優。

「喂！」

聽見香蓮提出異議後，美優準備按下傳送鍵的手指一瞬間停了下來。

「可以唄？還是說，妳十六日晚上有什麼難以告人的事情要做？」

「是沒有，但那個時候我人還在這裡！家裡是有筆電，但是沒有AmuSphere！」

沒有AmuSphere這個「眼罩造型，能夠將精神帶到異世界的機器」的話，無論如何都無法

玩完全潛行型ＶＲ遊戲。

由於香蓮玩ＧＧＯ的事情沒有讓其他家人知道，所以沒辦法把體積龐大且顯眼的AmuSphere帶回故鄉。

但是美優她……

「那就沒問題嘍。」

啪嘰。毫不留情地按下傳送鍵。

「喂喂！」

「沒問題，不用擔心。我們家有兩台那個東西。而且有一台才剛買而已。還沒有沾到任何氣味。」

「咦？為什麼……？」

由於那是絕對不可能一個人同時使用兩台的機械，所以香蓮確實感到疑問……

「啊——」

但五秒後就了解是怎麼回事。接著就以悲戚的表情說：

「給『夢幻的男友』用的嗎……這樣啊……原本想跟他一起玩嗎……請節哀……」

「我最討厭觀察力敏銳的女人了。」

SECT.2

第二章　前往戰場的邀請

八月十六日，星期日。

舉行遊戲測試當天來臨了。

接到邀請函後到今天為止，香蓮一直都待在北海道。

盂蘭盆節休假期間，和返鄉的兄姊以及外甥、外甥女盡情享受了道內的家族旅行。

也就是說，這段期間一次都沒有登入ＧＧＯ，不要說磨練成為蓮時的技術了，甚至連保持實力的訓練都沒有做。

香蓮本人……

「嗯，實在有點，不對，是很不安呢。」

在十七點左右就一邊這麼說一邊進入篠原邸的玄關。她到美優的老家來了。

這間過去已經來過好幾次的房子非常寬敞，加上其他家人都出門旅行去了，所以不需要客氣。雖然和美優的家人都很熟，平常也不是太客氣就是了。

外面雖然仍是豔陽高照，但是熱到讓人難以置信的日子也已進入尾聲，平常的北海道怎麼說都比東京舒適許多。

雖然時間尚早，但篠原邸的客廳裡，美優已經準備好一大盤培根蛋義大利麵作為晚餐。其他還有凱薩沙拉，以及甜點起司蛋糕。可以說是起司全餐。

兩人就大口吃著這些食物，然後開始作戰會議。

「我也是昨天晚上才重新轉移到ＧＧＯ。啊，道具謝謝妳嘍。右太和左子看起來都很有精神。」

由於美優平常是屬於ＡＬＯ的人，在跟眾妖精伙伴打聲招呼之後，才第三次轉移到ＧＧＯ來。她變成金髮美少女戰士不可次郎時的武器和其他裝備，已經從蓮那裡問到密碼，並且從蓮租借的保險庫裡拿出來了。

「不客氣。Pito小姐和M先生呢？」

香蓮把和Pitohui與M的聯絡事宜全部交給美優。因為香蓮本來就無法登入ＧＧＯ，而且直接和神崎艾莎聯絡也令人感到很恐怖。

那一天也接到了Pitohui傳過來的訊息，雖然沒有咲那麼誇張，但也以極其自然的口吻表示要參加這次的遊戲測試。她已經充滿殺戮的幹勁了。

只要名為阿僧祇豪志的男人不死，就不可能出現Pitohui參加而M不參加的理由，於是就跟上次一樣組成「ＬＰＦＭ」這個四人小隊。

「說是十八點五十七分，在西區塊的購物中心入口集合。他們好像提早登入去購物了。」

大口吃著東西時，美優就趁著空檔說出這個情報。順帶一提，之所以約這種半吊子的時間，是看準了約準時十九點的話，人類就會覺得稍微晚一點也無所謂而鬆懈的心理技巧。

「這樣啊。是買新的槍械嗎？還是子彈呢？」

香蓮想著自己的P90還有許多子彈並這麼回答。

上屆的SJ3裡，給「背叛者小隊」的優勝獎品是可以從型錄裡任選一把5.56毫米口徑的突擊步槍，以及其彈匣與彈藥等全套配備。

由於是小隊成員人人有獎，所以很早就死亡的TOMS的柯爾、在艦橋被Pitohui殺害的T—S的艾爾賓、MMTM的隊長大衛，以及在最後決戰場帥氣陣亡的老大都獲得了獎品。

蓮當然不會知道，原本打算背叛背叛者小隊的柯爾，拿到獎品的心境可以說是相當複雜。

然後蓮立刻就到槍砲店去把武器賣掉，以那筆錢買了P90的彈藥以及數個新彈匣，然後失去的「小刀刀」，也就是戰鬥小刀也變成了第二代。

雖然蓮的角色能力值已經上升到只要願意的話就能使用其他槍械的程度，比如說更重且射程與威力都更大的武器，但她還是絕對不會放棄P90而劈腿。她是專情的女孩子。在這把槍被GGO淘汰之前，蓮應該都會一直使用它吧。

「Pito小姐的購物嗎？噢，是買打倒蓮的祕密兵器喔。」

面對輕鬆說出恐怖發言的美優……

「這次不論如何都不會跟Pito小姐戰鬥了！」

追加放了大量培根的沙拉後，香蓮就一邊分盤一邊這麼回答。然後……

「雖然對想要測試自身虛擬角色成品的人很不好意思，但我參加的目的只有一個。也就是跟ＳＨＩＮＣ分出勝負。」

「哦，是這樣嗎？」

美優咧嘴笑著，同時做出奇怪的附和。

「所以攻略據點之類的就交給你們，我就算只有一個人也要尋找老大她們，發現她們後再找機會進行突擊。」

「是沒關係啦，但是妳真覺得單獨一個人能贏過她們六個？」

美優繼續在分到自己盤子上的培根蛋義大利麵上撒下起司粉並這麼詢問。到底有多喜歡吃起司啊。

「我也不知道。但不能贏也沒關係。只要能再次認真跟她們打一場就可以了。」

「哦……」

「但是，只要趁六個人不注意一口氣衝進她們懷裡的話……我想也不是完全沒有機會。進身戰的話我也有刀子。我會盡量拚拚看。」

以堅定口氣這麼說完的香蓮，眼睛露出銳利的目光。那是準備戰鬥的人才有的眼神。讓二十歲女大學生露出這種眼神的ＧＧＯ真是太恐怖了。

「唉……不久之前才拿臨時找來的理由，表示想要逃避一決勝負的大小姐，突然變得這麼有男子氣概。是長了什麼東西出來嗎？」

「只是想到我們約好了而已啦。所以攻略據點就交給不可你們三個人嘍。然後你們要贏得優勝喔。」

「ＯＫＯＫ。就包在我們身上吧。嗯，只不過是ＮＰＣ，再怎麼強也有其限度啦。」

「這麼有自信？」

香蓮以有些意外的表情這麼問道。因為信件和電子郵件裡，都寫了「這次真的很強喔」。

美優很輕鬆地回答：

「我覺得一定很簡單啦。就算是新型而且實力強大好了，強過頭就沒辦法當作遊戲了吧？之所以說『死兩次也沒關係』，我看也是因為如果死於對方幸運擊中的子彈，測試就無法繼續下去的緣故吧。」

「這樣啊……」

香蓮接受這種說法，把用叉子捲起來的義大利麵送進嘴裡。

「那麼，我就不擔心這邊的事情了。」

到了十八點五十七分，隔了一個多月才又見面的Pitohui……

「小蓮～！」

還是緊抱住蓮並且想把她勒死……

「喝！」

蓮滑溜地躲開後就逃到M身後。要比敏捷度的話自己不會輸給Pitohui。只要了解對方的意圖，很容易就能夠躲開。

在和現實世界的日本時間同步而變黑的夜空下，閃爍著刺眼燈飾的不夜城，此地正是GGO的首都——SBC格洛肯。四個人就待在其西區塊的購物中心入口前面。

香蓮使用自己的筆電，以及美優為了約會而購買的全新AmuSphere，從美優的房間登入到GGO。床鋪當然是讓給主人，自己則是躺在給客人用的床墊上。

蓮身上的裝備跟平常一樣。全身是染成暗沉粉紅色的戰鬥服以及帽子。肩膀上掛著塗成粉紅色的拍檔，FN公司製的P90。SJ1與SJ2裡各自弄壞了一把，所以是第三代的小P。背上則帶著小刀。

不可次郎的服裝也跟之前完全相同。

多地形迷彩圖案的長袖上衣加上短褲。腿上穿著黑褲襪，頭上頂著大頭盔。身體上為了安裝防彈板而穿了綠色背心。背心上還有能夠放入槍榴彈的腰包。

武器目前雖然收在倉庫欄裡，不過一樣是兩把40口徑的6連發槍榴彈發射器「ＭＧＬ—140」。副武裝是一把「Ｍ&Ｐ」自動手槍，只不過射擊技術實在太爛，就算開槍也打不中敵人。

「哎呀，看見妳們兩個人都這麼有精神，真是太好了！」

目前是在虛擬世界而且是虛擬角色，其實根本看不出是不是有精神，但Pitohui帶有刺青的臉龐還是露出了笑容。

而Pitohui也沒有任何變化。身上穿的是能夠看出身體曲線的深藍色連身服。

裝備和槍械完全沒有實體化，不過應該還是前幾屆的ＳＪ裡使用的「ＫＴＲ—09」突擊步槍吧。

「嗨。」

沉默寡言的Ｍ只說了這麼一句話，不過他要是忽然大嚼舌根的話反而會令人不安，所以這樣就ＯＫ了。

臉龐、身體都像巨大岩石一樣剛強的Ｍ，今天也穿著刺眼的綠色迷彩服。

裝備品以及背包都尚未實體化。另外武器依然是「Ｍ14・ＥＢＲ」7.62毫米步槍與「ＨＫ45」手槍。以及不論是攤開還是分解都能夠使用的盾牌。

「Pito小姐，妳買完東西了？」

不可次郎一這麼問……

「沒錯！」

Pitohui就笑著點點頭。

光看臉的話會覺得很爽朗，但是蓮無論如何就是會覺得Pitohui肚子裡藏了什麼壞點子。

「兩位買了什麼？」

不可次郎如此問道。這傢伙大概又覺得如果對方買了給自己用的電漿槍榴彈就賺到了吧。

「這是祕密～！」

「咦～」

抗議的不可次郎噘起嘴唇，Pitohui則是對她眨了眨眼睛。

「哎呀，之後就會知道了。If這次的敵人夠強的話。」

「唔。不太值得期待……」

不可次郎像是感到不滿般輕輕聳了聳肩。

Pitohui則是什麼話都沒說。

遊戲測試是二十點準時開始。

在跟平常一樣玩著遊戲的玩家們鬧哄哄的餐廳中，四個人圍坐在桌子前面，單手拿著飲料等待那一刻來臨。

稍早之前，為了恢復射擊的手感，蓮還在購物中心內的射擊練習場裡以P90射擊了數十發子彈，不過還是剩餘許多時間。所以才會來此舉行茶會。

雖然附加檔案裡有參賽規則，不過這次不需要事先到特定的酒場集合，死亡後也不需要等待十分鐘。

只要時間到時登入到GGO裡，不論身在何方都會自動進行傳送。死亡三次或者投降的話就能立刻回來。沒有實況轉播，也沒有任何觀眾。

它的規模原本就和SJ不同，出場者也少了許多。

不過目前蓮他們完全不清楚這次參加測試的人數和小隊數，當然也不知道參與遊戲者的身分。因為完全沒有發表，所以待在餐廳裡的人當中，說不定也有參加者。

「嗯，老大她們SHINC會參加吧。」

Pitohui很高興般這麼說著。看起來似乎藏著什麼壞點子，不過Pitohui總是這樣，所以說起來就跟平常沒有兩樣。然後……

「我想小衛衛他們的MMTM應該也在吧。因為那傢伙最喜歡這種活動了，我想他應該充滿幹勁吧。」

「唔嗯。其他呢？」

不可次郎如此提問。

「No idea。」

「那麼，也可能只有這三支隊伍參加嘍？」

不可次郎這次帶著期待這麼問道。

「這種情形可能有，也可能沒有。」

這究竟算不算是成年人的自信呢，只見Pitohui並不急著做出結論。

如果只有三支隊伍就好了。蓮雖然這麼想，但是沒有說出口，只是用吸管啜著冰紅茶。

Pitohui她……

「不清楚這次的新型ＮＰＣ究竟有多強，也不知道他們占據的陣地是什麼模樣，另外也不了解有多少小隊途中會變成敵人。簡直就像是洞窟探險一樣。」

「好像普通的任務喔。」

「真的像普通的任務。」

「嗯，既然決定參加，當然就以優勝為目標嘍。」

「嗯，既然參加了就要獲得優勝吧。」

當不可次郎和Pitohui的意見完全一致時，時間剛好來到二十點整。

餐廳桌子前面的四個人就變成光粒並消失，只剩下杯子還留在現場。

看起來像是厚著臉皮喝霸王飲料，不過點餐時點數就被扣掉了，所以不用擔心。

這次怎麼說都是遊戲測試。一切都和ＳＪ不同，所以沒有能夠進行事先準備的待機區域。從餐廳被傳送過來的瞬間，蓮等人就站在實際成為戰場的區域。

剛才都還能聽見的喧嚣一瞬間就消失了。

雖然認為不會出現敵人小隊突然就出現在身邊的壞心眼情形，但是身為ＧＧＯ玩家的蓮，立刻熟練地警戒著周圍。

蓮蹭著拉下Ｐ９０的裝填桿，把第1發5.7×28毫米彈送進膛室裡。

金屬互相摩擦的清脆金屬聲，是自己成為戰士的訊號。這次是為了和老大以及ＳＨＩＮＣ戰鬥而來到這裡……

「好。我們走吧，小Ｐ。」

蓮再次確認這件事情。順便……

「還有小刀刀二世也在。」

也確認背部戰鬥小刀的位置。雖然加了「二世」兩個字，但平常應該都會省略掉吧。

蓮聽著Pitohui與M將子彈送進實體化槍械的膛室並站了起來。視線前方與P90的槍口同步，一起眺望著周圍。

這裡是一片相當單調的平原。

連草都長不出來的濕土上，散布著相當巨大，足有輕型汽車那麼大的岩石。其間隔大概是在20到30公尺左右吧。

岩石過於龐大而無法移動，就算想將其變為農地也無法如願的無用土地，此地就是給人這樣的印象。當然這裡是地球人類已經滅絕的GGO世界。應該也沒有想要耕種的人才對。

天空布滿了GGO特有的，暗灰色中參雜了紅色般的雲，看起來就像是畫圖時覺得調和顏料很麻煩而草草了事的色彩。

無法清晰地看見太陽，所以無法分辨它的位置。嗯，應該是在某個方位吧。

幾乎感覺不到任何風吹。由於子彈會受到風的影響，所以這對狙擊手來說是有利的條件。

因為地形相當平坦，所以從岩石的縫隙間可以看見1公里外一整片大地的模樣。再往前影像就模糊而看不清楚了。

雖然也環視了一下周圍，不過目前看不見疑似敵人的人影。於是蓮暫時鬆了一口氣。

結果……

「唔……奇怪了……」

「是啊……真的很奇怪。」

從後面傳來Pitohui與M的聲音。

放下P90槍口並回過頭去的蓮，看向全副武裝的兩個人。

M以背帶把從一認識就沒有變過的主武器M14．EBR掛在肩膀上，「HK45」手槍則是收在右腿的槍套內。

背上揹著似乎可以裝下蓮的大型背包，背包裡頭則是可以攤開也可以單片使用的盾牌，腰後方還掛著4顆電漿手榴彈。

Pitohui跟平常一樣，在連身服上穿了黑色防彈背心。頭上還戴著頭盔。另外外表雖然看不出來，但是某處一定還攜帶著光劍才對。

但是槍械卻跟過去完全不同。

SJ裡的她總是拿著裝了75連射彈鼓的KTR—09來瘋狂射擊，但是今天並非如此。她手上拿的是德國黑克勒&科赫公司製的「HK416C」這把短槍管突擊步槍。

以前Pitohui在狩獵怪物時就使用過HK416C，而且沒有要求便自動說明起它的功能，所以蓮還記得很清楚。

柯爾特公司的M4卡賓槍由HK公司生產時就稱為HK416，HK416C則是它的縮短版。

為了容易攜帶而把槍托改為伸縮式，槍身也整個加以縮短。而且重量也相當輕，只有3公斤左右的它，重量就跟蓮的P90不相上下。

雖然它確實是相當昂貴的槍械，但是投入現實世界的金錢來購買槍械的神崎艾莎是富有的賣座歌手，所以根本不在意。連香蓮都會購買她的歌曲。

槍口加裝了金屬製的圓筒，也就是抑制槍聲的消音器。由於功能和著彈預測圓重疊，所以沒有使用紅外線瞄準鏡等光學瞄準器。

Pitohui用這把槍射擊時，會把能夠伸縮的槍托縮到最短然後不會靠在肩上。而是將雙手架著的槍械往前伸，以單點式槍背帶的拉力來穩定槍械，然後像手槍一樣不斷射擊。

除此之外，Pitohui的武裝跟之前相比還有其他的差異，SJ當中吊在雙腿上的兩把「XDM」手槍，以及像日本刀般掛在左腰上的「M870‧Breacher」縮短版散彈槍——上次把飛過來的手榴彈擊落的那把槍械，這次已經消失了。

整體來說是輕量且精簡，身體面積急遽減少的裝備。

如果說至今為止的Pitchui是「重武裝型Pitohui」的話，現在應該可以稱為「輕量突擊型Pitohui」吧。

看來她是考慮到這次遊戲測試是要攻略據點，所以認為會在狹窄處發生許多重視速度的戰鬥。

不過竟然直接把有利於近距離戰鬥的手槍與散彈槍剔除。實在是相當乾脆。或許是認為只要有光劍就可以了吧。

裝備跟平常一樣的M以及依照狀況靈活改變裝備的Pitohui，蓮看見這對照組般的兩個人……

「哪裡『奇怪』了……？」

對剛才的發言提出了反問。

雖然Pitohui的裝備有所不同，但這也不是什麼特別奇怪的地方。說起來根本不清楚連Pitohui都發出沉吟聲的理由。真的是一團霧水。

「咦？我變得比之前更美了嗎？」

把塗成茶色，宛如超巨大左輪手槍般的榴彈發射器，MGL—140掛在雙肩上的不可次郎這麼說……

「不，跟以前一樣喔。」

蓮立刻加以否定。

「天空啦。」

Pitohui簡短地這麼回答。蓮抬頭往上看去。上面的天空跟平常的GGO沒有什麼不同。

「啥……？」

「小蓮，現在是幾點幾分？」

「嗯——二十點一分。」

蓮看著纏在左手腕內側的數位手錶，老實地這麼回答……

「啊啊！」

然後終於注意到是怎麼回事了。

「啊！原來如此！這樣確實很奇怪！」

看來不可次郎也理解了。

ＧＧＯ裡的時間是跟現實世界連動。正確來說是跟伺服器的所在地連動。這裡指的當然是日本時間。

所以白天潛行的話戰場就是白天，夜晚的話天空就是黑夜。實際上剛才格洛肯的天空就是黑夜。

只不過，就算是黑夜也不會真的是一片黑暗，因為這樣就無法進行遊戲，所以會使用各種辦法，比如說讓戰場上出現某種發出朦朧光源的物體，或者是強烈的月光來讓玩家看得見。

但這個地方雖然因為是陰天而看不見太陽，但設定上明顯是白天。

「確實很奇怪……我還是第一次在ＧＧＯ裡遇見這種情形。」

蓮再次抬頭看著天空。

靜止不動的暗灰色天空，簡直就像要默默地往頭上罩下來一樣，讓人有一種強烈的壓迫感。

「雖說只是遊戲測試，竟然連原本固定住的時間設定都有了如此大的調整……太厲害了！好講究喔！」

Pitohui到中途都還是用認真的口吻，只有最後像是在開玩笑一樣。

先不理會時間設定上的謎團，首先必須確認地圖才行。

和ＳＪ一邊10公里的戰場不同，規則本上面記載著這次攻略據點的戰鬥只有最低限度的空間。

另外也記載了因為沒有衛星掃描，所以也不會給予衛星掃描接收器。

相對地，可以用左手操縱視窗，把地圖顯現在眼前。

攻略地點與自己的位置會經常顯示在地圖上，但是敵人ＮＰＣ與或許會成為敵人的其他小隊則完全不會顯示位置。

不過既然不是淘汰賽，所以其他小隊的位置根本不重要，但想得知ＳＨＩＮＣ位置的蓮還是感到很懊惱。

M揮動左手打開視窗，用手觸碰為了能立刻叫出而放在表面階層的「MAP」文字。

M迅速揮舞手臂，像是野餐墊一樣把只有自己能看見的地圖攤開到眼前的地面。這樣就所有人都能看見了。

Pitohui這時候……

「那麼，來看看這次的戰場吧。」

一邊模仿二〇二六年的現在依然持續播放中的國民長壽動畫下集預告時的口氣，一邊看著腳下的地圖。蓮與不可次郎也跟著她這麼做。

一看之下，發現是相當簡單的地圖。

一整片的大地上面是北方。以地形來說，總共分成森林、荒地、平原與草地等四個部分，各自分布於東西南北邊。

這時候還能看見由紅色線條畫出的圓。由於右下方有顯示距離的比例尺，所以可以知道那個圓的直徑是3公里。

雖然不清楚那個圓是什麼東西，但是其中心部還有一個更小的黑圓，圓裡還寫了一個「G」字。

「哦哦，G嗎？」

不可次郎以了解是怎麼回事的表情這麼說著。

「芝麻丸子……就在那裡嗎？」

「是終點吧。」

蓮還是開口吐嘈了她。

如果圓中央是終點的話，由新型ＮＰＣ所防守的據點應該就是這裡沒錯了吧。

當時隨著電子郵件寄過來的規則本裡面寫著這樣的設定。

「由七名成員組成的最強小隊，從研究所裡奪取了一擊就能夠毀滅地球上所有人類的凶惡毒氣彈頭並躲在據點內！在他們把彈頭交給準備毀滅地球的邪惡組織之前，由諸位被選中的小隊衝入敵陣，不是將那些卑劣的傢伙全部幹掉，就是把毒氣彈頭搶回來！時間限制是兩小時！祝各位武運昌隆！」

內容便是如此。

在餐廳內看著這些描述的香蓮和美優……

「ＧＧＯ世界已經毀滅過一次了，哪來什麼『凶惡的毒氣彈頭』和『想毀滅地球的邪惡組織』……」

「嗯，想出這種設定的傢伙是笨蛋吧。寫的文章也很彆腳。」

毫不客氣地對內容加以批評，嗯，不過這不是重點。請大家不要責備寫了這些設定文的小說家。

「嗯，就把它當成是『麥高芬』吧。」

美優這麼說……

「噢，就是腳本當中的道具——『對於登場人物雖然重要，但是關於這個道具的詳細說明並不重要』的那個嗎？」

香蓮能夠接受這種說法。

高中時期，喜歡電影的老師教了她們何謂麥高芬。

只要能讓故事成立，不論什麼樣的設定都沒關係。

這次的毒氣彈頭就算換成核子彈頭、地球破壞炸彈還是祕密的日記，都能夠讓「要是流出去就完蛋了，我們去把它搶回來吧」的情形成立。

像這樣實際站到戰場上的蓮，其實毒氣彈頭和地球的未來根本不重要，只要將對方全滅，或是把彈頭搶過來就可以了。

不對，對於蓮來說，甚至可以不用去搶，只要能和ＳＨＩＮＣ戰鬥就可以了。

那個終點雖然是敵營，但是地圖上看不出是什麼地形或者構造物。應該是和上一屆ＳＪ一樣，必須靠近到能目視的距離才能知道，好讓大家保持期待的心情吧。

然後地圖正南方邊緣，觸碰到圓弧的位置上可以看見一個發出白光的點。

「我們在這裡。」

M指著白點這麼說。

「和上一次有點類似。」

蓮率直地說出自己的感想。或許是所有人都這麼想吧，其他人都沒有什麼特別的反應。

上屆的SJ3的戰場是島嶼，海平面會不斷上升而讓島嶼的面積越來越狹窄。最後隱藏在中央的豪華客船就必然會成為戰鬥的舞台。

在那之前的氣氛都和這次的狀況十分類似。這次的設定本身，說不定就是參考了SJ3製作而成。

嗶咚。

可愛的聲音響起，蓮的眼前浮現一些文字。那是浮在空中的立體文字，所有人的眼睛都能夠水平地閱讀。

上面寫著這樣的內容。

「補充規則設定：此圓是以所有生存的虛擬角色裡距離中心最遠者為半徑。」

「噢，原來如此。」

蓮點頭做出了回應。

大家朝中央的「G」進軍的話，圓就會越來越小。反過來說，往後退的話就會再次變大。

但是，為什麼要有這個圓呢？

看來並非不能或者無法到這個圓外面。不論是視界當中還是地圖上，圓外面都還是有戰場存在。當然，進行到某種程度後應該就會出現行動範圍限制，但至少不會是這個圓。

當蓮感到不可思議時，答案就剛好浮現出來。剛才的文章下面又浮現出新的文章。

「玩家的虛擬角色死亡時，前兩次都會剛好在一八〇秒後於這個圓周上距離小隊成員最近的位置上復活。（註：沒有其他小隊成員時，將出現在與死亡位置同角度的圓周上）」

「唔嗯，是這樣嗎？」

蓮表示能夠理解。

這次是3條命制——也就是前兩次死亡都能夠復活的制度。

日本的遊戲用語裡，死亡的角色在戰場上甦生通常稱為「Respawn」，或者為了方便而直接稱為「復活」。這條圓周也就是所謂的「復活線」。

也就是不設置特定的復活地點，所有小隊不斷往前推進的話，重新出發的地點就會靠近終點這樣的設定。遊戲接近尾聲時從距離終點遙遠的地點，比如說跟現在一樣距離3公里的線上復活的話真的會讓人受不了，所以玩家們都會喜歡這樣的設定。

規則本上面也記載了，復活時將會獲得十秒鐘的無敵時間。

這段期間不論受到什麼攻擊ＨＰ都不會減少。同時自己發動的攻擊也無法造成傷害。

當然這是為了倒楣地在其他小隊附近復活時的補救措施。但是實在不清楚十秒鐘究竟算是長還是短。不過以蓮的腳程來說，確實可以逃到相當遠的地方就是了。

「復活地點嗎？這樣最靠近芝麻丸子，不對，是最靠近終點的小隊會很辛苦耶。」

不可次郎這麼說。

她說的確實沒錯，圓周怎麼說都是「最後方生存玩家的距離」。以最先攻占據點為目標而在最前線奮勇作戰的小隊要是出現死者，那個瞬間就會被傳回到遙遠的後方。

這時候Pitohui……

「那個時候就只能採取兩種作戰方式。第一種是小隊為了迎接復活的伙伴而暫時撤退或者留在原地。嗯，如果小隊成員幾乎都死亡的話，也只能這麼做了。」

「唔嗯，那第二種呢？」

不可次郎這麼問，Pitohui則像是很開心般回答：

「直接丟下他不管喲。」

「太過分了！我沒辦法拋下蓮不管喲！」

「我也覺得很痛苦啊！但是……妳要體諒我！」

「嗚——忘不了！我……一輩子都不會忘記蓮！」

「是啊。那麼我們兩個人來唱歌吧。唱一首獻給勇敢戰士的歌……」

面對開始演起彆腳戲的不可次郎與Pitohui……

「別拿我會死亡做前提。」

蓮則是以冰冷的眼神這麼表示。

「什麼？那我來把妳幹掉吧？讓妳成為我槍榴彈下的亡魂。」

「別這樣，小蓮她是想被我打倒！」

「妳們兩個搞懂本遊戲的主旨好嗎？」

先不理會小隊的內鬨，總之圓的謎題解開了。

此時Pitohui……

「嗯，關於這個部分還是得看戰況。而且，小蓮的話很輕鬆就能追上來了吧？」

開口做出這樣的表示。以蓮的腳程，要追上3公里的距離確實不是什麼難事。其他三個人就很辛苦了。

由於規則本上寫了「不會出現任何能在戰場上移動的交通工具」，所以這次就只能靠虛擬角色的腳來移動。對於Pitohui等三個人來說，應該不願意被送回遠方才對。

當他們進行這樣的對話時，追加規則的文字就消失，接著有道具以空中影像的形式飛到眼前來。

像是粗大針筒也像是筆一樣的物體，是在ＳＪ裡也相當熟悉的急救治療套件。

使用一次這個道具最多能回復自身ＨＰ的30％，不過得等上一八〇秒。

和BoB與SJ相同，為了讓玩家能夠公平競爭，遊戲內就只有三個這種回復道具。不這樣限制的話，擁有金錢和體力的玩家，就會帶一大堆回復道具進來。

蓮接下道具後，把它們收進位於腹部的小型腰包裡面。她總是會想，希望這些道具不會派上用場。

「好了各位，那我們走吧！」

Pitohui元氣十足地這麼說道。簡直就像要出發去野餐一樣。

蓮一看手錶，發現已經過了一段時間，來到二十點五分了。

這段期間M也小心翼翼地從視線最高處警戒著周圍，所以附近應該沒有敵人才對，但還是差不多得動身了。敵人小隊裡面，或許會有不理會地圖與規則就直接展開突擊的傢伙。

「話說回來，還沒決定誰當隊長呢，我看就M吧。」

Pitohui這麼說完，果然沒有任何人提出異議。

應該說，這些成員也只有M能擔此重任了。這次無關隊長標誌與掃描位置，純粹是訂立作戰計畫用的隊長。

而M本人也立刻就做出指示。

「朝正北方前進。蓮擔任前鋒。記得讓羅盤常置於視界的最上方。朝方位角零度前進。」

「了解。」

這支隊伍總是由嬌小且高速的蓮來打前鋒。

「Pitohui警戒左側，隔一點距離後不可則警戒右側，由我殿後。基本上以縱隊前進。這次並非淘汰賽。可能沒有太多小隊會積極襲擊我們，不過要是遭到伏擊就各自加以對應。」

三人全都回答「了解了」。

以前就從M那裡學到移動中遭到伏擊時的對應方法了。也就是不管三七二十一地全力朝敵人射擊的方向反擊回去。

反正早就被捕捉到了，跟隨便尋找掩蔽物並且逃向該處比起來，還是以最大火力反擊才是正解。讓子彈飛到敵人周圍的話，對方多少也會感到害怕吧。

之後就依狀況來決定是要邊射擊邊展開突擊來形成混戰，還是互相支援來撤退。一切全等待隊長的命令。

ＳＨＩＮＣ能對我們發動攻擊就好了。

蓮這麼想著。到時候就全力戰鬥，不論是輸還是贏都算是達成蓮今天的目的了。

雖說是能死兩次的3條命制，但只要全力戰鬥後有哪一邊死掉一次，應該就可以認為是「分出勝負」了吧。蓮心裡是這麼認為，雖然忘了跟對方討論，不過老大應該也是這麼想才對。

啊啊，希望能快點和ＳＨＩＮＣ，也就是老大她們碰面。終點什麼的根本不重要啦。

蓮心裡這麼想。不過沒把想法說出口。

「首先確認中央的敵營到底是什麼情況。倚靠掩蔽物盡量接近該處，不過距離不到1公里時就要小心狙擊。好了，去吧。」

蓮在M的命令下跑了起來。

SECT.3

第三章　Respawn

蓮持續奔跑著。

用比任何人都快的速度，跑在潮濕的土地上。

那是超越現實世界人類的華麗奔馳。

當靴子底部踢起的土壤畫出拋物線並落下時，蓮的腳已經在遙遠的前方。看起來甚至像土壤自己不斷飛上空中。沒有風的世界裡，吹起了一陣疾風。

奔馳當中，蓮還把敏捷度發揮到極致，不停地觀察著左右兩邊，看看遠方是不是有人影，還是有沒有人躲在岩石後面。

當她抵達大岩石背面時，就比任何人都快速地煞車並躲在岩石後面，左右移動槍口與視界來確認狀況。

警戒周圍，確認此處安全之後……

「Clear！」

就以經常保持通話狀態的通訊道具對同伴做出指示。

結果位於數十公尺後方的Pitohui、不可次郎以及M就一個一個追上來，躲在蓮身後一兩顆岩石的背面。

他們行動時固定都只有一個人。剩下來的三個人則一定會警戒著周圍。殿後的M絕對不會忘記後方的警戒。因為優秀的小隊在移動中發現敵人的話會先放過他們，然後再從後方發動奇襲。

像這樣所有人都移動完之後，蓮就開始從視界中挑選接下來要前往的岩石。由於羅盤已經常置於視界最上方，所以就會尋找方位角零度，也就是正北方的岩石。如果沒有適合的，就找附近。

接下來就是朝該處全力衝刺。

當蓮做好決定，為了奔跑而把右腳往後拉時……

「別動！有敵人！在右側遠方！」

就聽見M尖銳的聲音……

「嗚！」

蓮便反射性繞到岩石左側。

已經遇到敵人了嗎！而且自己還無法發現！

蓮在內心這麼大叫。

這時她的背肌一陣發癢，握著P90的手也更加用力。但是射擊時不需要多餘的力道，於是她刻意放鬆自己的手。為了謹慎起見也看向另一邊，也就是西側，不過目前還看不見敵蹤。

「距離400公尺左右。稍微瞄到一眼，我想對方應該也發現我了。之後就沒有動作。」

M平淡的聲音就像暴風雨前的寧靜般傳進耳朵裡。

蓮雖然看不見，不過M大概是以愛槍M14．EBR的瞄準鏡探測著四周圍。當然，如果可以狙擊的話，就會毫不留情地發射7.62×51毫米子彈了吧。

對方是誰？是什麼樣的傢伙？

蓮等待著M的報告。這時候不會做出自己探出頭的愚蠢舉動。目前身邊還是帶著從SJ開始就一直使用的單筒望遠鏡。

蓮雖然想著如果是SHINC就好了，但怎麼可能那麼幸運。

地圖雖然小，但這麼快就跟敵方小隊接觸的話，就表示參賽小隊也有一定的數量。在這樣的情況中突然就遭遇SHINC的機率實在不高。不對，應該說超級低。

「看到了。綠色迷彩加上長髮——是娘子軍。」

所以聽見M的聲音時，蓮還以為是自己聽錯了。或者是正在作夢。

「嗚嗚，太棒了！」

蓮忍不住大叫，以雙手舉起P90並且渾身發抖的下一刻……

嗡。

1發德拉古諾夫狙擊槍的子彈飛過來，從距離她手臂僅僅30公分的旁邊掠過。

「嗚咿！」

「小蓮，不能掉以輕心喔。」

蓮聽著從遠處狙擊自己的槍聲與Pitohui的聲音，同時不停在心裡點著頭。

因為在岩石後面所以完全鬆懈了。真的太大意了。依照對方小隊的所在位置與角度，還是有可能無法完全隱藏身體而遭到狙擊。

「對方整個散開了。把注意力全部放在東側。」

蓮按照M的指示往岩石深處移動，然後整個人趴下。

能夠遇見SHINC固然令人高興，但是被狙擊幹掉的話實在太遜了。至少也得看到老大一眼才能死吧。

「M先生，不知道對方的位置嗎？我可以射擊喔。」

不可次郎這麼表示。她的武器是槍榴彈發射器。能夠以拋物線發射塞滿火藥的彈頭，所以能攻擊待在掩蔽物後面的敵人。不過400公尺的話，幾乎是最大射程了。

「沒辦法。一開始移動就跟在Pitohui後面。交給妳殿後。」

「了解了。」

接著M的指示就傳了過來。

「Pito、蓮和我三個人同時前進。散開的距離是一顆岩石的寬度。」

「好喲。」「了解。」

兩人同時回答。

由於她們和M組隊已經有很長一段時間，所以蓮也馬上就能夠理解M準備實行的戰術。

雖然是使用槍械的戰鬥，但是越靠近對方命中率與威力當然就越高。而且蓮的P90的有效射程（瞄準對方並且擊中，造成的傷害足以打倒對方的距離）僅僅只有200公尺。這樣下去對我方不利。

但是面對SHINC的六個人，我方的攻擊成員只有三個人。不論是人數還是火力都比不上對方。

於是便採取盡量靠在一起，但還是得保持不會被一擊一網打盡的距離，然後三個人一組來接近敵人的戰術。

一旦捕捉到敵人，當然開始全力反擊。如果SHINC散開很大的距離，或許就能以三對一的優勢加以各個擊破。

聽見兩人回答的M……

「上吧！」

立刻發出命令。

蓮和Pitohui同時從岩石後面衝出去。各自發揮最大的腳力與瞬間爆發力來全力衝刺。

原本以為會被擊中的蓮，發現沒有子彈飛過來。

ＧＧＯ就算與現實極為相似終究還是遊戲。考慮到遊戲平衡度，而有「接下來子彈要飛過來這裡喔」的輔助機能，名字就叫作彈道預測線——Bullet line。

那是一條鮮紅色的線，只有被瞄準者以及其周圍的玩家才能看見。

蓮打定主意一看見預測線就改變腳步來閃躲，但是完全沒有看見發光的線條。

Pitohui遲了一會兒後也前往旁邊的岩石後面。手按住吊在單點式背帶上的ＨＫ４１６Ｃ並且迅速地奔跑，然後靈敏地滑入岩石背後。

由於會阻礙到下一步行動，所以戰鬥中不太適合做出滑壘動作，不過她應該是剛好想這麼做吧。

這樣的Pitohui開口表示：

「看來對方是不打算射擊了。」

「這樣啊。我也要移動了。」

Ｍ移動巨大身軀前往另一顆岩石。ＳＨＩＮＣ果然也沒有射擊。

「這是怎麼回事？」

目前待在最後方的不可次郎透過通訊道具這麼詢問。Pitohui則回答：

「也就是接受我們的正面挑戰。與其雙方在看不清楚的距離進行小家子氣的互相射擊，最後都嚷著『打不下去了』而撤退，倒不如——」

蓮以高興的口氣接在後面繼續說道：

「接近到極限，在能看見容貌的距離一決勝負！她們是這麼想的！」

「正是如此。」

「原來素這樣。老大也是了不起的武士呢。」

啊啊真是開心。

蓮的內心感到雀躍不已。

老大認為和蓮的比試不應該在無聊的遠距離下進行，而是要充分靠近後才以猛烈的互相射擊來分出勝負。

當然，老大本身持有的消音狙擊槍「ＶＳＳ」，以及和蓮一樣是高速攻擊手的塔妮亞所持的愛槍「野牛衝鋒槍」，射程比同隊成員的「ＰＫＭ」機槍與德拉古諾夫狙擊槍要短也是讓她們這麼做的理由。

但是擁有一挺機槍兩把狙擊槍，從倉庫欄還可以叫出「ＰＴＲＤ１９４１」反坦克步槍的ＳＨＩＮＣ原本是遠距離戰相當強的小隊。只是要獲勝的話，這時候應該早就開始射擊了。

「唔～不愧是老大！」

光明正大地等對方靠近後再開始戰鬥的豪邁做風實在讓人佩服。雖然老大是女的就是了。

「上吧！M先生！Pito小姐！接近到極限之後，我要展開突擊嘍！請你們提供援護！」

「怎麼這樣！小蓮……妳不會是想死吧！」

面對即使在這種情境下還是發揮三腳貓演技的Pitohui……

「如果是和老大對決而喪命，我不會後悔喔。」

蓮認真地這麼回答。

不過僅限於遊戲當中。

一點、一點、再一點。

如果這次也像ＳＪ那樣進行轉播，從上空的攝影機觀看的話，影像大概就會出現這樣的字幕吧。

蓮他們不斷在岩石之間以每次10公尺的方式前進。

可以確定敵人就在前方。

之後雖然沒有受到任何1發子彈的攻擊，但還是可以知道這件事。因為移動中可以瞄到遠方的綠點。

那些點雖然小但都是人類，手上還拿著槍械對準這邊。

「真是安靜。可以開個一槍看看嗎？」

從後面跟上來的不可次郎這麼說……

「不行。」

蓮立刻加以否決。

已經靠著岩石前進了一大段距離。粗略計算起來應該有100公尺以上。

假設SHINC也前進了差不多的距離，那麼雙方應該剩下不到150公尺。以蓮比奧運世界紀錄更快速的腳力，一瞬間就能跑過這段距離。

應該了解這一點的M……

「蓮，要上了。」

簡短地這麼表示。這是下一次的移動開始時，可以自行發動突擊的訊號。以只有蓮才能發揮的高速來擾亂敵人，Pitohui和M則兩人一組來提供支援。

「了解！」

期待已久的，與SHINC之間的對決。

蓮想起在首次的SJ裡，最後和她們對峙的時候。

和M決裂的蓮變成孤身一人，在不知道該怎麼辦的情況下朝荒野突擊時發生的事情。

那一天原本認為就算死了也無所謂而發動突擊，結果在各種絕境中找到活路。

話說回來，這種岩石散布在平地上的情境與當時十分類似。看來可以使用相同的作戰。

加上這次背後還有三名伙伴。可以提供強力的支援。

那就上吧！

蓮在內心燃燒著自己的鬥志，然後靠著最大熱量讓自己冷靜下來。

手上小P的重量從手臂上傳達上來。接下來以一秒鐘15發這樣的頻率往外飛的音速小石礫就是自己的利牙。蓮從未懷疑過小P。

另一個武器是自己鍛鍊出來的速度。接下來只有相信自己的腳，全力進行突擊了。目標是近在眼前的ＳＨＩＮＣ。

啊啊，參加這次的測試真是太好了。

蓮心裡這麼想著。

接著最後一次讓呼吸穩定下來，同時等待著Ｍ幾秒鐘後將會發出的命令。

「好，上吧！」

當Ｍ這麼說時……

「等一下，後面有敵人！」

不可次郎也在同一時間開口這麼表示。

「我上了──咦？」

準備衝出去的蓮，只跑了兩步就停下來的瞬間，世界就開始閃閃發亮了。

空中、地面、岩石上都無聲地出現數條，不對，是數十條紅線。其中一條甚至延伸到自己的身體上。

彈道預測線！

蓮這些ＧＧＯ玩家通常都很討厭這條線。她的身體自動反應，直接躲開紅線。但是……

「後面啊啊啊！」

同時也忍不住這麼放聲大叫。預測線是從自己的背後延伸過來。也就是說，那並非來自ＳＨＩＮＣ的槍口，而是源自其他敵人。

自己和老大宿命的對決即將開始時，一群笨蛋竟然跑來澆冷水！

「喂這樣逃走比較好吧偶要逃走了喔！」

槍聲隨著不可次郎的聲音響起。

咚咚咚嗯咚咚咚咚喀咚喀咚喀喀滋滋滋咚喀咚喀嘎磅咚喀滋咚喀啪咚滋咚咚咚咚咚！

密集到令人難以置信的槍聲響起，沉重的子彈也同時飛過來，開始可以聽見「嗡！」的飛翔聲。緊接著……

啪滋！啪滋啪滋！

擊中土壤的聲音……

喀嘎！嘎嘎嘎！

鑿穿岩石的聲音。

跳躍到岩石後面躲藏的蓮，覺得曾經聽過這些聲音。

難以忘懷的首屆Squad Jam，躲在森林邊緣時就聽到這些聲音。

「機關槍！」

那是複數的機關槍毫不容情地——完全不在乎剩下多少子彈，不斷朝自己開槍的聲音。

「可惡！」

躲在每次遭到擊中就微微搖晃的岩石後面，蓮露出虎牙來這麼大吼著。

ＳＪ裡確實是有一群進行這種瘋狂攻擊的傢伙。

「全日本機關槍愛好者！又是你們啊啊啊啊！」

蓮放聲大吼。剛才回想起在ＳＪ裡和ＳＨＩＮＣ的戰鬥，這次則是想起被那群人瘋狂射擊的回憶。

ＳＪ開始不久，準備從森林進入都市區時，最先遭遇到的敵人就是他們。

對方總是不管三七二十一地射擊。子彈多到像是蓮蓬頭裡衝出的水一樣。如果沒有森林裡的大樹，大概已經死十次了吧。

「喂喂這是怎麼回事！」

不可次郎的聲音衝進耳朵裡，幾秒鐘後她自己也衝進蓮躲藏的岩石後面。

跑著逃過來的不可次郎，雙肩與側腹部出現巨大紅色光芒。這是表示中彈的特效光。

遊戲內受到的傷害全都是像這樣以光芒來呈現。比方說被割傷了，也只有切斷面會發光。完全沒有流血或者內臟飛出來等殘酷的表現。

不可次郎在拚命奔跑當中被3發子彈擊中了。HP也減少了四成左右。嗯，中了3發子彈才減少四成，剛好證明了不可次郎有多強韌。如果是蓮的話，一定已經進入紅色警戒區域了。

「可惡啊。」

不可次郎很乾脆地拿出急救治療套件打在自己身上。身體一瞬間發出淡淡光芒，開始HP逐漸回復的演出。

機關槍宛如亂鼓般的彈雨依然持續著。

雖然不認為那些傢伙是瞄準後才射擊，但經常擊中自己躲藏的岩石和四周圍的子彈還是很讓人害怕。

由於他們是彈藥數和連射力特別優秀的隊伍，在這種情況下不要說靠反擊來讓對方膽怯了，甚至沒辦法隨便從岩石後面探出頭和手。

從槍聲來判斷，距離ＺＥＭＡＬ大約是２００到３００公尺左右吧。他們剛才似乎是在己方小隊的後面，也就是西側分散開來。

不可次郎帶著中彈的憤怒開口表示：

「我先賞他們幾顆槍榴彈吧？雖然不知道能不能擊中，但至少能讓他們害怕吧！」

她隨即舉起右手的ＭＧＬ—１４０。結果Ｍ……

「好，射擊吧。所有人配合爆炸往南方撤退。」

立刻做出這樣的指示。

往東邊逃的話當然會遇見ＳＨＩＮＣ，西側則有機關槍的彈幕。雖然機率不大，但北側還是可能有其他隊伍。逃走固然令人懊悔，不過這時候也只能這麼做了。

「嘎——！」

和ＳＨＩＮＣ的戰鬥就這樣被人潑了一大盆冷水，但這時候蓮也無計可施，只能夠放聲大吼。

「看我的！」

不可次郎開始憤怒的六連射。啵啵啵啵啵啵，槍榴彈就這樣飛上天空。

幾秒鐘後，傳出「砰砰砰砰砰砰嗯」的連續爆炸聲。

機槍的咆哮倏然停止。命中目標讓他們全滅當然是最好，但那實在太倚靠運氣了。成果大概就是一瞬間讓他們感到害怕吧。

即使如此……

「衝吧！」

也已經是足以用來撤退的空檔。等不可次郎衝出去後，蓮也從後面追了上去。

「可惡！還給我和老大的戰鬥啊！」

極度憤怒的蓮卯足全力來奔跑，甚至沒有發現自己立刻就超越了不可次郎、Pitohui以及M。

腦袋後方的ZEMAL隨即重整態勢並再次開始射擊。再次可以聽見子彈掠過頭部上方的聲音。

那些傢伙把不能拿機槍射擊看得比死還恐怖，所以似乎不太擔心自己被擊中。雖然是笨蛋，但同時也是相當棘手的敵人。

蓮在前進的方向找到一塊大岩石。比剛才躲藏過的所有岩石都還要大。於是她就搶在其他隊友之前衝進岩石後面。

然後撞上了某種東西。

「噗嘿！」

撞上柔軟牆壁的蓮，當場往後跌並且滾動，最後直接仰躺在地上看著天空。一抬起臉來，就看見3公尺前方有其他人。

「嗨！」

那個人正是老大。

巨大身軀上綁著辮子，看起來就像是大猩猩般的高大女性身上穿著熟悉的迷彩服與裝備背心，手拿著ＶＳＳ站在蓮眼前。蓮就是撞到她粗大的大腿。

「嗨。」

蓮反射性回打了招呼後……

「噗咿？」

就瞪大了眼睛跟嘴巴，露出丟臉的表情僵在現場。

然後理解是怎麼回事。ＳＨＩＮＣ散開的範圍比想像中還要廣，老大是想要繞到己方小隊的背後才會來到如此南方之處。然後自己就這樣自投羅網了。

啊，這下死定了。Ｄｅａｄ。會被幹掉。

蓮有所覺悟了。自己的Ｐ９０，槍口在翻倒時就已經朝向後方。另一方面，老大的ＶＳＳ則和視線一起對準這邊。

接著老大沒有開槍而是開口說：

「辛苦了。嗯，先冷靜下來吧。」

「啥？」

「我不會在這裡開槍。那樣太無趣了——所有人聽著。蓮就在我眼前。也不要射擊逃過來的三個人。」

老大前半句話是對蓮所說，後半句話則是對自己的同伴發出命令。

她接著就靠近蓮，然後朝她伸出圓木般的左臂。

蓮緊握住她的手，在她幫忙下起身並且回答：

「我知道了！讓我們先想辦法解決那群機關槍瘋子吧！」

ＺＥＭＡＬ的成員像要表示「不開槍會悶死」般毫不間斷地開火，在這樣的情形當中……

「暫時休戰吧。」

Pitohui為了躲避機槍的彈雨而衝進蓮和老大躲藏的巨大岩石後面。她似乎從蓮剛才說的話了解情況，所以也沒有對老大開火。

幾乎在同一時刻，M和不可次郎就在稍遠處的岩石後面……

「嗨！」

接受銀色短髮的狐狸眼女——塔妮亞的招呼。

上一屆的ＳＪ３裡，塔妮亞和M在船內上演了一齣為了絞殺與壓扁對方而激烈肉博的大戲……

「嗨。」

但像要表示打招呼是溝通的基本般，M也老實地回應了對方。

至於不可次郎……

「那麼，現在該怎麼辦？」

一邊往左旋轉MGL—140往側面打開的彈倉讓發射完的彈殼「喀啦喀啦」地掉下來一邊這麼詢問。

像這樣重新壓縮彈簧，接著就只要扣下扳機就能迴轉、連射了。最後在整個打開的洞穴裡，再次裝填進從背包裡拿出來的6發槍榴彈。

「還能怎麼辦。」

在頭上不停有彈道預測線延伸，接著又有子彈沿著線條飛過來的情況下，M咧嘴笑著這麼說。

「當然是先打倒那些傢伙。」

「而且是一起合作！」

吳越同舟。

這句成語是來自互為敵國的「吳」與「越」，雙方軍隊就坐在同一條船上，為了不讓船因為暴風翻覆而攜手合作的情形，意思是即使是敵人也能暫時合作。似乎也可以用在單純同乘一條船上的情形，但原本是有合作完成某一件事的意思。

現在的蓮他們和ＳＨＩＮＣ正是處於吳越同舟的情境。

在雙方一決勝負之前，必須先擊退那群白目到不行——但是火力又特別強大的礙事機槍狂。

「Ｍ先生，現在怎麼辦？」

蓮眼前的老大聽見她這麼問的聲音，接著就用通訊道具傳達給自己的伙伴知道。

這段期間子彈也不停呼嘯而過。簡直像是用掃把掃過一樣的密集射擊。由於發出槍聲的位置完全相同，看來他們幾乎沒有離開一開始開槍的位置。

這時候Ｍ如此回答：

「為什麼所有人都可以像這樣持續射擊？從剛才就沒有為了交換彈藥而停止射擊的瞬間。」

蓮聽見後心裡便浮現「確實如此」的想法，同時也把內容告訴眼前的老大。這是為了和ＳＨＩＮＣ分享作戰情報。

說不定除了ＺＥＭＡＬ之外還有其他敵人。老大隨即對同伴做出指示。

「有沒有誰可以目視敵人的？」

回傳「我試試看」的是狙擊手冬馬。她是黑髮上戴著綠色毛帽的高挑美女。現實世界則是在日本出生的可愛俄羅斯白人美少女——米蘭。

SHINC裡待在最後方的冬馬就一邊注意著彈道預測線，一邊把槍和臉從岩石旁邊探出去。

一找到在400公尺左右遠方發光的槍口，也就是機槍的槍口之後，隨即把瞄準鏡的倍率調到最大。

雖然也可以仔細地瞄準並進行狙擊，但她暫時放棄這麼做，迅速完成偵察任務低下頭來。然後向老大報告。

「敵人只有機關槍愛好者的五個人。左側好像加裝了某種金屬軌道。」

聽見冬馬這麼說，SHINC的機槍手，紅髮強悍大媽羅莎立刻發現是怎麼回事。

「啊！是『那個』！」

「那個嗎！」

聽見羅莎的聲音後，老大也以苦澀的表情說道……

「那個？」

蓮高速歪起嬌小的頭顱。老大則是回答：

「是『背包型供彈系統』。背上揹著巨大背包，軌道從該處延伸到槍械，能夠一口氣連射500發到1000發子彈。」

「那是什麼！太作弊了吧！」

蓮生氣了。雖然1個彈匣有50發子彈，比一般突擊步槍多出20發火力的蓮可能沒資格這麼說就是了。

聽見蓮的報告之後，M便老實地透露出感想。

「了解了。GGO裡也存在那種東西嗎？然後他們所有人都入手了啊。這可麻煩了。」

這段期間，頭上還是不斷出現發光的彈道預測線，接著子彈便沿線飛過來。

通常可以拿著行走的機關槍都是使用100到150發子彈的彈鏈。更長的話不論是要垂放在左側，還是放進安裝在槍械下方的彈藥箱都會有困難，因為這樣會很難移動。

能夠一口氣解決這些問題的就是背包型供彈系統了。背上巨大的箱子裡裝著滿滿的子彈，然後從該處著裝能彎曲的金屬軌道到槍械上。

機關槍的連射速度通常是一秒鐘8到10發，使用這個系統的話，大致上計算起來可以連射一百秒左右。只要「持續扣著扳機」就可以了。如果是一次發射幾發子彈的點射，不知道能做出幾分鐘的攻擊呢。

再加上他們共有五挺機槍，彈雨當然不會有中斷的一刻。

「嗯……真是麻煩的對手。」

悠閒地把背靠在岩石上面的Pitohui，以事不關己般的口氣這麼說著。

「既然很麻煩，乾脆就別跟他們耗下去，直接偷偷逃走吧？」

「不行！」「要戰鬥！」

老大和蓮同時這麼叫道。

「啊哈哈。那就一起上吧。算是早餐前的熱身運動——M？」

Pitohui把作戰計畫全推給M。

「好吧，我會想想。蓮妳暫時先把通訊道具和所有人連線。」

蓮遵照M的指示，透過老大更改了原本只連接小隊成員的通訊道具，讓SHINC的成員也能夠聽見。這樣在其中一邊中止設定之前，十個人都能夠共享情報。

蓮一開始對所有人所說的話是……

「這些礙事的傢伙，幹掉他們吧！」

幾秒鐘後，腦袋裡已經有作戰計畫的M開口這麼說。

「Pito，抱歉，妳自殺吧。」

「真拿你沒辦法。」

Pitohui這麼說完，就以張大的嘴巴含住ＨＫ４１６Ｃ的消音器前端，也就是槍口。換成右手持槍的Pitohui以大拇指扣下扳機。

咻磅磅磅嗯！

可以聽見經過抑制的聲音。Pitohui就在蓮眼前朝著自己的嘴巴發射3發5.56毫米子彈。子彈從上顎衝進腦門然後從後腦勺飛出去。就算Pitohui像魔王一樣強韌，這也是會立刻死亡的傷害。

ＨＰ條瞬間減少然後歸零。Pitohui就這麼死亡了。

她啪噹一聲倒地的身體，變成無法繼續破壞的物體——「破壞不可能物體」並且殘留在現場。

表示屍體的「Ｄｅａｄ」標籤亮起，然後下面開始出現１７９、１７８、１７７的倒數秒數。

「哦……哦哦唔？」

和不知道為什麼這麼做而茫然呆在現場的蓮不同，老大立刻理解原因。

然後對在遠方的小隊成員做出命令。

「塔妮亞，妳也自殺吧。別落後了。」

「呀哈~啊啊啊啊啊啊啊！」

「哇哈哈哈哈哈哈哈哈！」

「嘿呀啊啊啊啊啊啊啊！」

笑臉和空彈匣在布滿烏雲的天空底下閃閃發亮。

男人，應該說男人們正拿機槍瘋狂地射擊。

五個男人各自爬上岩石，在頂端架設兩腳架……

咚咚咚咚咚咚噠咚咚咚。噠啦啦啦啦啦啦啦。

完全不在意1發子彈要多少錢，只是盡情扣著扳機。

由分散在日本全國各地的成員所構成，比任何人都喜愛機關槍，對於機關槍有無限愛意的五名男性。他們就是全日本機關槍愛好者了。

在SJ裡為了標示而使用ZEMAL的略稱。由於是略稱，所以沒有正確的讀法，幾乎所有人都唸作基瑪魯。

登錄上的隊長是把金髮往後梳的肌肉男「休伊」。使用槍械是美軍採用的機槍「M240

B」。

留著一頭黑髮並在額頭綁了髮帶，模仿某知名動作片電影主角的男人是使用「M60E3」的「Sinohara」。

頭髮整個覆蓋在頭巾底下，SJ3裡被選入背叛者小隊的他叫作「TomTom」。愛槍是成為M240B模型的FN公司製傑作機關槍「FN・MAG」。

至今為止的三個人使用的都是7.62×51毫米這種威力相當高的子彈。它也是M的M14・EBR使用的子彈，有效射程是800公尺左右。兼具貫穿力與破壞力，被擊中的話將會相當慘。

剩下來的兩個人使用的槍械威力雖然比較弱，但是輕量容易操控，使用的是能夠搬運的彈數大為增加的5.56×45毫米彈。跟突擊步槍「M16」與自衛隊的「89式步槍」等槍械使用同樣的子彈。

兩人當中的一個，名為「麥克斯」的男人，使用的是這種類型的機關槍在全世界最多人使用的「Minimi」Mk2型。把左右頭髮往上推的強壯黑人虛擬角色是他最大的特徵。

最後一個人是「彼得」。貼在鼻頭的繃帶是他最大的特徵，他在成員當中也是最為矮小的男人。使用的機槍是GGO世界很少人使用的罕見槍械，以色列製的「內蓋夫輕機槍」。

他們五個人在三屆的ＳＪ裡有了顯著的成長。

該怎麼說呢，總之就是從首屆那種只會搞笑的小隊，變成了不可輕視的強隊。

自從ＳＪ３之後，右胸上以彈鏈畫出∞小隊符號的綠色抓毛絨外套就成為了他們的制服。

身上沒有裝備皮帶或背心，也沒有任何手槍或者小刀等副武裝。甚至連頭盔與防彈背心等防具都沒有。這是為了把這些物品的虛擬角色容許重量都用到彈鏈與機槍上的緣故。

至今為止他們都是各自揹著大背包，然後把彈鏈或彈藥箱裝進背包裡。

但這次就不一樣了。

因為他們入手了現在正困擾著蓮等人的背包型供彈系統。沒錯，現實世界是在補習班當老師的Sinohara就是接到這件事情的通知。

麥克斯和TomTom在練功區打倒強力怪物後獲得系統的設計圖，然後由手相當巧的彼得來製作。

男人背上揹的是放在支架式背包般架子上的金屬製大箱子。雖然看起來像是背負著行李的行商人，但裡面裝的全是彈鏈。

可以看見從箱子左上角延伸出金屬軌道，讓軌道稍微下沉來創造出更多空間，然後連接機槍左側的給彈口。整串彈鏈就這樣從軌道被拉出來送進機槍當中。

「停止射擊！」

「停止射擊！」「停止！」「哦！」「停手！」

由於對手完全消失不見了，沉浸於扣扳機快感的他們也暫時中斷射擊。

這段期間，可以交換槍管的人就直接把它們換掉。連續射擊的話會因為過熱而造成命中準度降低，所以要換上預備的槍管。

機槍要交換槍管其實相當簡單，只要鬆開卡榫再連同提把一起換掉就可以了。熟習的人只要幾秒鐘就能結束。

他們也沒有忘記拿出放在倉庫欄裡的預備彈鏈。左手進行操縱後，實體化的彈鏈就自動收納到背包，扣環直接結合在一起。在現實世界是不可能出現如此方便的事情。

就這樣，當ZEMAL再次完成可以射擊數百發子彈的準備時……

「喂！拿機槍的傢伙們！」

可以聽見向他們搭話的聲音。

M放大的音量好不容易才傳進ZEMAL眾人的耳朵裡……

「哦？怎麼了？所有人——暫時停止射擊。」

休伊的指示飛了過來。

五名趴在岩石上架著機槍的男人，看著高舉雙手從岩石後面出來的男人。距離大概是

１００公尺左右。

這是開槍絕對能擊中的距離。

Ｍ沒有拿槍以及盾牌，只是高舉著雙手從岩石後面現身。然後以最大的聲音叫道：

「我有話要說，能聽得見嗎？」

由於沒有風吹，所以聲音不至於被風帶走，好不容易才傳進五個人的耳朵裡。

「喂，現在怎麼辦？」

「開槍吧？」

「開槍好了？現在立刻可以把他幹掉喲。」

「不過還是聽他要說什麼吧？」

「嗯……開槍後再問吧？」

五個人雖然有些猶豫不決，最後還是由休伊代表眾人來回答Ｍ。

臉龐離開一直架著的Ｍ２４０Ｂ，稍微抬起上半身以不輸給Ｍ的巨大音量表示：

「什麼事？你是什麼人？」

ＺＥＭＡＬ雖然看過ＳＪ裡的戰鬥影像，但是似乎對其他玩家的名字完全沒有興趣。只是想看己方小隊的英姿。

Ｍ這麼回答。

「我是M！小隊LPFM的隊長！想請你們停止無意義的戰鬥！」

「為什麼？」

「這次不是SJ！所以我認為沒有必要一開始就像這樣自相殘殺！」

「嗯，是沒錯啦！但是，要不要開槍也是玩家的自由吧？」

「嗯，確實是這樣！既然如此，那就沒什麼好說的了！」

由於M很乾脆就認同己方的說法，休伊等ZEMAL的成員都感到詫異。

「嗯，那我們就繼續開槍了！話說回來，你喜歡機關槍嗎？」

M咧嘴笑著回答休伊的問題。M的笑容是相當罕見的稀有物品。

「嗯嗯，非常喜歡！雖然不怎麼使用，但我也有一挺喔！」

「哦！是什麼？」

上鉤了。不愧是最喜歡機槍的一群傢伙。接著M便這麼回答：

「是『MG42』！」

「什麼！」

休伊瞪大了眼睛。

「真的嗎！」「你說什麼！」「嗚哇！」「哇哦！」

剩下來的幾個人全都抬起頭來。真是太好釣了。

ＭＧ４２是第二次世界大戰時德軍所使用的傑作機槍。那每分鐘１２００發，也就是每秒20發的高速連射所產生的獨特槍聲，讓恐懼的敵方幫它取了一個「希特勒的電鋸」這樣的渾名。

ＭＧ４２在ＧＧＯ世界裡算是罕見的槍械。使用的7.92×57毛瑟彈也因為不普及而相當昂貴。

如此稀有的槍械，當然不能隨便拿到倒楣的話有可能會丟失的戰場上。說起來就是在射擊場享受的收藏用道具。

但也因為這樣，它對ＺＥＭＡＬ的眾人來說才會是夢寐以求的一挺機槍……

「喂！那個叫M的！多少錢你才願意賣？」

TomTom突然開始跟對方談起生意。

「等一下，我也想要那挺機槍啊！我願意投入夏季獎金！」

Sinohara也不甘示弱。這樣的發言透露出他已經是社會人士。

「乾脆拿出來拍賣如何？當然競標者只有我們幾個！」

擅自幫眾人做出提議的是麥克斯。

「沒辦法了。就這樣吧。」

而擅自做出結論的是彼得。

「喂喂，大家等一下！不是這樣吧！你們都搞錯了！」

休伊發揮隊長的力量來安撫眾人。

接著……

「既然這樣，讓他加入我們的隊伍才是最佳選擇吧？」

完全不詢問M的意願就做出這樣的提議……

「贊成。」「毫無異議。」「唔嗯。」「有道理。」

完全不詢問M的意願就所有人無條件通過了。

「好了，所以說那個叫M什麼的，身為同樣愛著機槍的同志，你就到我們這裡來一起戰鬥吧！」

「等等，我沒辦法這麼做。如此一來，交涉就決裂了吧。看來終究得一戰吧？」

「看來是這樣……ＭＧ４２的事情之後再談，那麼——」

接下來就沒有說話而是開槍了。

五挺機槍同時噴火，彈雨朝著M的所在地落下。預測到這一點的M全力躲藏到附近的岩石後面。雖然相當危險，幸好沒有被任何子彈擊中。

「好了，援護射擊。」

M的指示之下……

「了解嘍。」

後方的「伙伴」便開始反擊。

SHINC的機槍手羅莎從岩石上方發射PKM機槍，朝著ZEMAL的周圍送出子彈。

咚嘎咚嘎的重低音響徹現場，子彈以超越音速的速度由東往西飛去。曳光彈在空中描繪出光之線條。

但是……

「敵方機槍！」

「那種聲音是PKM！」

「很好，幹掉他！」

「了解！」

ZEMAL的眾人反應相當汛速，立刻對羅莎發動反擊。武挺機槍一起朝著往己方延伸出彈道預測線的點開火。

光之線條逆向由西往東跑了回去。而且是以五倍的密度。

「呀！」

要是再晚〇・二秒把身體縮回來，羅莎應該就被打成蜂窩了。

但M也趁這個機會獲得自由行動的空檔。他迅速從藏身的岩石後面衝出來……

「唔！」

在發覺的TomTom把槍口移過來之前，就踩著沉重的腳步從旁邊的岩石逃向另一顆岩石。

「搞什麼？不射擊嗎？真令人失望！」

彼得感到相當失望。

這時候應該是不在乎死亡直接往這邊突擊才對吧。然後被機槍這種美麗的武器屠殺，達成光榮的戰死。結果他竟然不這麼做，感覺就像被潑了一盆冷水一樣。

「那些傢伙沒有戰意！」

「那也沒辦法。他們是不受到機槍神喜愛的孩子。」

「說得也是。真的沒救了。」

麥克斯和Sinohara露出憐憫的表情。他們真的越來越像是一個宗教了。

「好！進攻吧！要上嘍！」

休伊一這麼說，就得到四個人充滿精神的回答。

他們各自從岩石上下來，把機槍架在腰間，做出對方不過來的話就由我們主動進攻的突擊準備。

他們的作戰相當Simple & Dynamic。

把能夠連射數十秒鐘的機槍架在腰間，五個人擺出A字陣型往敵陣突擊。

只要稍微看見敵人的蹤跡就瘋狂開火，然後一邊開火一邊前進，算是強行以火力壓制的模式。

即使對方反擊也完全不在意傷害。只要十倍奉還就可以了。簡直就像瘋牛一般的攻擊。

如果現在像ＳＪ一樣在酒場裡進行實況轉播的話，觀眾們應該開始打賭了吧。

ＺＥＭＡＬ和加上ＳＨＩＮＣ小隊的蓮等人究竟哪一邊會獲勝。

有些人應該會認為這次的突擊是ＺＥＭＡＬ會勝利吧。在除了岩石之外視野相當良好的地點，五挺機槍的突擊足以蹂躪對手了。

有些人應該會認為，只要有效地使用不可次郎的槍榴彈攻擊，應該就能阻擋對方的攻勢。

然後還有些人會注意到ＳＨＩＮＣ的攻勢比想像中薄弱，然後因此而感到不對勁。

「很好，衝吧！」

休伊一聲令下，ＺＥＭＡＬ的五個人就跑了起來。他們從岩石後面衝出，隔了５公尺左右的距離排成箭頭般的隊形，首先朝著Ｍ所在的地點附近展開突擊。

「ＧＯ！」

現在五個人同時開始奔跑。

通過一顆岩石旁邊，像是要追上Ｍ般跑著……

「有了！」

在150公尺左右前方發現逃走的M背部後，Sinohara的M60E3就噴出火來，其他四個人也跟著他開槍。

光之線條朝著M延伸，再度差一點就捕捉到他，最後還是被他逃到另一顆岩石後面去了。曳光彈被岩石彈開，高高地飛上天空。

他們沒有停止射擊。持續突擊的他們，準備就這樣持續開火，然後抵達M剛才躲藏的岩石再從左右一口氣包夾他。

「很好！前進前進！」

「嘿呀啊啊！」

「嗚呀啊啊！」

ZEMAL逮到M了——剛這麼想的瞬間。

五個人的突擊就變成七個人。

以A字型前進的五個人後面又增加了兩個人。

但是不看後面，不對，是不需要看後面的五個人，完全沒有注意到「新成員」——

「抱歉了。」

「不好意思喵～」

這兩個人拿的槍——ＨＫ４１６Ｃ與野牛衝鋒槍瞄準走在前面的男人。

咻啪啪啪。咻啪啪啪啪啪。

安裝了消音器的槍聲相當低調，完全被發出「咚嘎咚嘎」這種吵雜咆哮聲的機槍掩蓋過去而根本聽不見。

站在最後面的麥克斯和彼得，兩個人的後腦勺中了幾發子彈，立刻就失去性命。只見他們一邊射擊著機關槍一邊往前倒。

當兩個人的ＨＰ還在減少時，TomTom與Sinohara也同樣被擊中頭部而倒下。

最後剩下在前面領導眾人的休伊……

「妳請吧。」

「不不不，妳請妳請。」

「那我就不客氣了。」

就被互相禮讓獵物的其中一名殺手以ＨＫ４１６Ｃ射死了。

「呼咿，真的兩個人就幹掉他們了……」

蓮低頭看著倒地倒數著復活前的秒數，而且連死亡手都不放開機關槍的五個人。

「我也想幹掉一個人啊！嗯，等他們復活之後就交給我來殺吧。」

不可次郎在旁邊這麼表示。

「大家都平安無事吧？」

塔妮亞交換著野牛衝鋒槍裝有53發子彈的圓筒型彈匣並這麼問道……

「託妳們的福。」

M這麼回答。

M訂立的作戰計畫其實相當簡單。然後——

是在現實世界絕對辦不到的事情。而且在SJ裡也同樣無法這麼做。

他的構想也就是讓Pitohui自殺，在三分鐘後「復活並且回歸」。

復活的Pitohui可以從後方再次接近ZEMAL。

接著M就向他們搭話來拖延時間，等時機成熟了再讓情況演變成槍戰。誘使ZEMAL拚命射擊，沒有空去注意後方。

立刻理解這種作戰的老大，為了慎重起見，同時也是為了道義，讓我方也「失去伙伴的一條命」，所以便命令塔妮亞自殺。

以掛在腰間的「Strizh」9毫米口徑自動手槍自殺的塔妮亞，晚Pitohui幾秒鐘後在同一個地點復活。

兩人為了不讓ZEMAL發現而繞到更遠的地方，再全力悄悄地跑回五個人的背後——

最後就比射擊練習更簡單了。

「M先生和Pito小姐的想法都好恐怖喔。」

蓮的感想……

「把人用螺旋槳捲成絞肉的傢伙沒資格說這種話啦～」

Pitohui以認真的表情如此反駁。

接著Pitohui便看著ZEMAL的眾人目前復活秒數仍不停減少的屍體……

「話說回來，這幾個傢伙也變強了呢。」

老實地發表稱讚對手的感想。

「沒想到頗為粗糙的戰術會如此棘手。要是有個能幹的策士加入，可能就更難以打敗了。」

蓮也同意Pitohui所說的話。

這次要是有任何一個人負起監視後方的任務，就不會瞬間被Pitohui與塔妮亞幹掉了吧。

「嗯，先不管他們了，那我們該怎麼辦？重新開始互相殘殺嗎？」

「啊……！」

蓮忍不住發出了叫聲。

我怎麼會忘了呢！笨蛋！

蓮在內心斥責著完全忘記重要事項的自己。

「不，還是算了吧。」

老大把手貼在耳朵上並輕敲了幾下。這樣就切斷通訊道具與蓮他們的連線，只有實際發出的聲音能傳進耳朵。

「是啊，重新布陣期間，又被這些傢伙阻礙也很掃興。」

距離ZEMAL復活已經剩下不到六十秒。

一看地圖就發現圓周已經遠離白點，所以知道有待在比我方更遠處的小隊。就算是這樣，被這些傢伙追上依然不是什麼太開心的事。

老大她開口說：

「而且對於據點是什麼樣的地方，又有什麼樣的『最強NPC』也有點興趣。看過據點，把那些傢伙清理得差不多之後再決鬥可以嗎，蓮？」

「嗯。我也覺得那樣比較好。謝謝妳，老大。」

「沒什麼啦。那麼各位，接下來要深入敵陣了嗎？我們地獄見了。」

留下這句話後，老大就率領五名娘子軍往東邊跑去。之後應該會稍微改變前進路線，直接前往終點吧。

ＨＰ完全回復的不可次郎……

「好了，那偶們也走吧？」

把ＭＧＬ—１４０扛到雙肩上並這麼說道。這是不可次郎的奔跑模式。

Ｍ則是……

「好吧。不過，不必再採取剛才的逐次前進了。一口氣往前衝吧。」

「為啥？」

不可次郎提出詢問。Ｍ開口回答：

「發生這麼大的騷動還是沒有其他小隊過來。這可能有兩個理由。第一個是參加的小隊原本就很少。另一個是，參加的小隊把終點看得更重要，所以往該處前進了。當然這兩個理由也可能同時存在。」

「也就是說得快一點才行嗎……」

蓮如此呢喃著。一個搞不好，和ＮＰＣ的戰鬥可能會全被ＳＨＩＮＣ與其他小隊搶走。遊戲就這樣結束了。

「好，我們快一點吧，Ｍ先生！我要開始猛衝嘍！先到前面去偵查情況！」

蓮挺起了胸膛。

一個人衝過頭當然相當危險，但只要有自己的敏捷度，就算被擊中應該也有辦法解決。SJ3一開始時在編組站被那麼多支小隊追擊，最後也安然度過了危機不是嗎？

「知道了。偵查就交給妳了。」

「包在我身上！」

蓮雖然以充滿自信的口氣這麼說——

但不久之後就對自己的發言感到後悔不已。

SECT.4

第四章　惡魔之城

蓮全力跑著。

在岩石散布的土地上往正北方奔跑。以蓮的腳程，持續全力奔馳的話不久就能抵達目的地。這時她距離地圖上所表示的終點已經只剩下900公尺。

這段期間完全沒有受到敵人小隊的襲擊。不過前進的方向可以聽見小太鼓連打般的聲音，可以知道正在進行戰鬥。果然已經有小隊抵達終點了。

原本以為會接近同樣以終點為目的地的SHINC，結果並沒有遇見她們。她們似乎往東邊繞了一大圈。

蓮的眼睛可以看見朦朧的終點了。

以位置來看絕對是那裡不會錯。敵方NPC防守的據點出現在眼前。

地圖上沒有表示細部的敵人陣地是——

一座城堡。

而且是一座由石頭建造的歐風城堡。石頭的顏色是灰色，森然融入背後同樣是灰色的天空當中。

四周圍被高大的城牆包圍。城牆各處都有呈圓筒狀的部分，裡面應該是樓梯吧。上部稍微高出一些，變成了監視用的眺望塔。

城牆裡還可以看見四座尖塔。雖然因為城牆而看不見城堡本體，不過大致上可以預測出尖塔底下的形狀。

城牆和尖塔的外型完整，可以知道並非快要崩塌的廢墟。應該可以進到裡面去才對。這時敵人當然會從上方射擊。

「看見了！敵陣是一座城堡！就像是歐洲常見的城堡，寬大概是３００公尺左右吧？另外可以看見包圍城堡的城牆。」

蓮邊跑邊向跟在後面的同伴報告。這時候傳來Ｍ的聲音。

「了解。看得見戰鬥嗎？」

「看不見。只聽見細微的聲音。」

「知道了。在安全的地方等待。」

聽見Ｍ的指示後，蓮稍微考慮了一下……

「沒關係。我靠近到對方會開槍的距離看一下情況。」

對於隊長的意見提出了異議。目前還有一大段距離，而且也有只要不停下腳步就不會遭到狙擊的自信。就算對方不斷射擊，只要能看見彈道預測線，蓮的腳程應該就能避開。

M一瞬間感到猶豫，所以晚了一些才回答……

「知道了。不過別想過於靠近或者是突入。」

最後他還是認可了蓮的幹勁。

「了解！」

覺得高興的蓮一回答完就繼續奔跑著。

然後就看見前方的土地上再也沒有岩石了。

前面幾乎沒有任何掩蔽物。只有少數幾面快要崩塌的石牆殘留在那裡。看來是城外街道的一部分，但已經超越廢墟進入殘垣的境界了。

怎麼辦呢……

蓮一瞬間感到猶豫。距離城牆應該不到600公尺了吧。如果是口徑7毫米等級的子彈，在這樣的距離下已經能夠做出精準的狙擊。

但是……

沒問題！衝吧！得加快腳步才行了！

蓮沒有放慢速度，穿越最後一顆岩石旁邊。

她為了不踩到石牆的碎片而稍微減慢速度，有時還加入左右移動的假動作，並繼續往城堡前進。

因為還相當遠，所以看不清楚城堡的下部。因此要接近到200，不對，300公尺左右，然後趴下來尋找入口。

這麼想的蓮，視界當中看見城堡旁邊出現某道盛大的橘色亮光。

下一個瞬間，眼前的土就持續像是爆炸一樣隆起，土粒不斷落到她的身體和臉上，有一些甚至擊中的她的眼睛和嘴巴。

「噗哇！」

蓮以詭異的聲音發出悲鳴的同時，也從遠方傳出連續擊打小太鼓般的槍聲。

被擊中了！

雖然因為濺入眼睛的土而看不太清楚前方，但蓮還是立刻做出判斷，決定衝向視界左前方的物體——寬10公尺左右，高1公尺的斷壁。

前進路線改往左邊時，右側再度有土壤連續爆炸，槍聲之後就傳了過來。要是再晚一點轉彎的話，應該就會猛烈撞上子彈群了吧。竟然有如此準確的射擊。

「噗呀！」

嬌小身軀藏在石牆後面後，蓮便放聲大叫。

「被敵人從城堡擊中了！是機槍！不過沒看見彈道預測線！是無預測線射擊！」

由於GGO是遊戲，所以手指一碰到扳機，射手就會看見著彈預測圓，告訴他著彈的位置。代價就是對方將會看見彈道預測線。唯一的例外就是奇襲攻擊所發射的第一發子彈。

但是先不管蓮不清楚敵人位置的第一次連射，第二次射擊時也沒有看見預測線。也就是說，對方是不需要預測線就能夠開槍射擊的高手。

雖然知道在海外進行實彈射擊修行的M能夠辦到，但沒想到NPC也有這種能力。不對，應該說被設定成「能夠辦到這種事情」。原來如此，看來對方真的是「最強」。

「聽見槍聲了。妳在哪裡？」

「好不容易才躲在石牆後面！距離城堡還有500公尺左右！」

「知道了。我們也靠過去。」

聽見M這麼說後，蓮雖然稍微放下心來——

結果還是沒有一件事情順利。

過了幾分鐘後，蓮沒有獲得任何人的援護，當藏身的石牆被大口徑的狙擊槍破壞殆盡，束手無策的她只能衝出去，結果受到機槍準確的射擊……

「不行嗎……可惡！那些傢伙——好強！」

就這樣喪命了。

蓮知道了在這場遊戲測試中死亡會遇見什麼事了。

首先在HP歸零的瞬間會立刻被傳送到待機空間。蓮就站在SJ也使用過的那種宇宙空間般，分不清楚上下左右的詭異地點。

接著眼前出現倒數一八〇秒的數字。在數字歸零之前，只能從在此等待，或是結束遊戲回到格洛肯這兩個選項當中做出選擇。

當然沒辦法和伙伴通訊。

似乎可以從倉庫欄裡拿出裝備來進行戰鬥準備。只不過，蓮目前沒有什麼事情可以做就是了。

「啊～太逞強也太粗心大意了。」

蓮坐到一片漆黑的地板上，咒罵著自己幹出的蠢事。

自己一個人衝過頭了。作夢也沒想到對方會在無彈道預測線的清況下，以機槍與大口徑狙擊槍射擊。還是應該有所防備才對。

這全是過於鬆懈造成的錯誤。

「對Pito小姐很不好意思。」

剛才對上ZEMAL的戰役裡。自殺後再從後面繞回來的作戰，那本來是蓮應該負責的任務。因為腳程較快的蓮能夠快些趕回來。

但是M卻命令Pitohui自殺。

那大概，不對，應該說絕對是為了不讓蓮的生命浪費在那種地方，好讓她可以和SHINC戰鬥到最後才會下達那種命令。

結果現在卻連敵人的身影都沒見到就浪費了一條性命。

「我不會再大意了！」

蓮這麼告訴自己，同時凝視著接近零秒的倒數。

被傳送到這裡和回去都只有一眨眼的時間。

蓮她……

「哦！」

處身於一顆岩石後面。眼前是熟悉的景色。也就是剛才曾經通過的土地。

環視了一下周圍，確認目前沒有疑似敵人的人影。看向視線左上角的伙伴HP條，可以知道自己死亡後就沒有人受傷了。

自己的視界裡開始了十秒的倒數，不過蓮先無視這件事。她自行打開地圖，同時透過通訊道具跟伙伴搭話。

「我復活了。抱歉，大家現在在哪裡？」

地圖出現在眼前並且告知蓮目前的位置。她是在距離終點1．5公里左右的南側。
「距離城堡800公尺左右的南南西處，有一棟巨大房子的殘骸。妳能過來嗎？」
M的回答傳了過來……
「知道了，現在過去！無論如何都會過去！」
蓮邊跑邊如此回答。

「嗨，二代蓮！」
像子彈般跑了一陣子後，正如M所說的，可以看見石造的房子殘骸。包含不可次郎在內的三個人就蹲在房子前面。
「抱歉！久等了！」
在潮濕土地上發出「沙沙」聲滑行的蓮和眾人會合了。
這邊附近可能原本是住宅區吧，可以看見好幾間破舊崩塌的西歐風房屋。
由小板子組合而成，疑似大花板的巨大板子斜斜地滾落在地面。底下層層堆疊的瓦礫相當厚，足足有數公尺那麼高。這樣的話應該能抵擋任何槍擊，甚至是反器材步槍了。可以說是最佳藏身地點。
只不過，繼續靠近城堡的話就沒有任何掩蔽物。是一片從城堡可以直接眺望的平坦土地。

如果是M的話，大概可以從這個距離狙擊城堡，但光是這樣還是無法攻略據點。只不過，跑過去也只會重蹈剛才被擊中的覆轍吧。

「如何？」

蓮一詢問戰況，不可次郎便像要表示束手無策般把雙手舉向天空。

「糟糕了啦，蓮。完全無法靠近。敵人強到難以置信。」

這時Pitohui也開口告訴蓮新的情報。

「空曠的南側應該是沒辦法了。靠近的話反器材步槍的子彈會在無預測線狀態下飛過來，再加上機槍的援護就真的很棘手了。西側還好一點，正如妳所見，我們順利來到這裡，但接下來就沒有掩蔽物。這樣說起來也跟南邊沒什麼兩樣了。」

「北側呢？」

「有一片濃密的森林，應該是能最靠近城堡的地方。M，準備好了嗎？」

「嗯嗯。」

M邊回答邊回過頭來。他的手上握著一個四角形箱子。

箱子的顏色是灰色，材質似乎是塑膠。大約是A4紙張那麼大。厚度也有5公分，算是不小的物體。

「？」

ＧＧＯ裡不常見到這樣的箱子。當蓮露出狐疑的表情時，M就把那個箱子輕丟到空中。

下一個瞬間，箱子的四個角落就啪一聲伸出類似手臂般的零件並且打開。這些手臂的前端附有螺旋槳，它們隨即開始高速旋轉

蓮看著隨同「呼嗯」的振翅聲完全靜止在空中的箱子……

「哦哦！好厲害！這就是那個——無人機吧？」

「ＹＥＳ。剛剛才買的玩具。」

Pitohui這麼回答。

原來如此，這就是提早登入來購物的理由嗎？

蓮能夠理解。看來ＧＧＯ的世界也終於可以使用無人機了。

遠距離操縱，或者能夠自立行動的無人載具，全部都能稱為無人機。

不論是車輛、船隻，只要無人駕駛就稱為無人機，不過日本最為知名的應該就是這種多螺旋槳的類型吧。它是擁有複數的螺旋槳，藉由這些螺旋槳旋轉來飛行的直升機。

箱子下部在蓮的眼前迴轉，然後出現半球狀的玻璃巨蛋。由於那經常出現在便利商店的天花板等地方，所以蓮知道那是攝影機。

「然後用這個來看。」

Pitohui展示著類似平板電腦般的薄型面板。面板上面可以看見由斜上方角度，也就是無人

機拍攝的蓮在窺探那台儀器時的模樣。

相當清晰的彩色影像幾乎沒有任何時間延遲。蓮一開始揮手，影像也在幾乎沒有明顯延遲的情況下顯示出來。順帶一提，它沒有麥克風可以收音。

「實裝了嗎！而且妳還買了！」

「因為數量還不多，所以相當昂貴喲～」

Pitohui這麼說，結果不可次郎……

「哦哦。因為會減弱遊戲的氣氛，我就不問詳細的價錢了，不過大概是幾萬呢？」

「這個嘛——大概能夠聚集表示『常聽人說人生而平等，但其實並非如此，你們要好好用功喔！』的傢伙組成一支足球隊吧。」

「哇喔，十一個諭吉嗎！」

「順帶一提，如果被擊落就算是遺失。」

「真的假的！」

「所以要飛高一點喔，M。」

「知道了。」

才剛覺得嗡嗡的振翅聲變大，就發現無人機已經往上空升去。

蓮看向M，只見他正以雙手拿著跟畫面一體化的遙控器，用雙手的拇指操作著小搖桿。

或許是集中精神在操作上吧，M的表情看起來很嚴肅。要是墜落或者被擊落就會損失一大筆金錢，當然必須小心謹慎。而且這還是首次飛行。

「除了靜止以外都是手動操作，和現實的無人機比起來落後多了。沒辦法要它自己去進行偵查。難易度算相當高。」

Pitohui如此表示。

二〇二六年的現在，就連在玩具店裡販賣的無人機都只要按下智慧型手機的一個按鍵就會自動起飛，手指只要劃過地圖它就會按照指示飛翔，然後以自動控制迴避危險，最後在電力耗盡之前自動回到原本的地點。

至於GGO裡的這款無人機，似乎能夠幫忙停留在某個高度的某個位置，但是操縱就全部必須由人類來完成。或許是因為完全自立行動的話，對使用者來說實在太有利了吧。另外體積也相當龐大，看起來有點醜。

即使如此……

「能從上方看見戰場真是太棒了！」

蓮感到興奮不已。

「嗯，對偶們來說本來就是理所當然的事。」

ALO世界裡所有角色都能夠自由地在空中飛翔，所以不可次郎就以諷刺的口吻這麼說道。

蓮一邊警戒著周圍，一邊看著Pitohui手上平板的畫面。不斷升高的攝影機拍攝下來的影像相當有意思，簡直就像自己變成了鳥一樣。

「ALO的話可以親眼見到這種影像嗎……好像不錯耶……」

「哦！要來嗎？要來嗎？Welcome喲！」

「嗯……只是一下子的話可以嗎……？」

「當然沒問題了！歡迎一位客人入場！」

面對不可次郎與蓮之間謎樣的熱烈討論，Pitohui只是對她們露出「這兩個傢伙真令人困擾」的笑容。

「妳們兩個之後再討論那件事吧，現在得先看看城堡的樣子。」

無人機飛到相當高的地方了。畫面當中可以看到城堡的全貌。

石頭組成的城牆呈十角形，角落的高處都設有瞭望用的城牆塔。城牆本身的高度大概是20公尺。城牆塔則再高出5公尺左右。

城牆上有作為掩蔽與槍眼用的鋸齒狀垛牆，可以清楚地看出等間隔的凹凸模樣。城牆整體的直徑正如蓮所見的是300公尺左右。

東西南北各有一個城門。左右兩邊是垂直，上部則是漂亮的拱形。大小全都一樣，大概是

4公尺左右的高度。寬則是3公尺左右。即使是大型卡車應該也能通過。

原本以為會有木製的門板牢牢地關上，結果不知道是不是老朽而損毀了，根本沒有門板這種東西。相對的裡面堆了一座由石頭與煉瓦所形成，高度比人還高的瓦礫山，一看就知道是為了不讓人輕易進入。

「完全就是……城堡。」

不可次郎開口這麼說。

城牆裡面有一座完全看不到草木的中庭。

土壤外露的平坦地面上有一些像是馬廄，也像是倉庫般的簡樸木造建築。另外還能看見像是水井的圓形物。

然後還有石板路從城門呈筆直的十字形往前延伸，左右兩側有原本可能是池子的四角凹陷。底部沒有反射光芒的現象，看來是沒有一滴水在裡面。

作為主角的城堡，其設置了四棟尖塔的本體就聳立在用地中央。是那種沒有任何華麗感的簡樸外表。

東西南北方漂亮地間隔四十五度所建造的尖塔，高度大概跟十層樓的建築物差不多。到處都能看到黑色洞穴，也就是窗戶。

建築物本身大概只有它的一半高度。整體的直徑是50公尺左右。其高處也能看到許多窗戶，也就是黑色孔洞。

木造的天花板還完整地保留在上面，所以從上空無法看見城堡內部。ＧＧＯ裡有與其類似的城堡型迷宮，但是蓮還沒有到那裡去玩過。

「唔嗯……光是靠近就很困難了，就算突破城門，要穿越中庭也很麻煩呢。會被敵人從塔或者城堡狙擊。」

Pitohui這麼說的瞬間，城堡其中一座尖塔靠近頂端的一扇窗戶就產生了閃爍的光芒。接著有一條橘色細長光線朝畫面飛過來。

「M，再高一點。」

「了解。」

畫面當中的城堡影像迅速變小。原來是M讓無人機緊急上升了。結果來自尖塔的槍擊也停了下來。不知道是超出射程，還是無法取得上方的射角而無法瞄準。

「真危險。M，保持在最高的地方。接下來就自己用鏡頭來放大吧。」

Pitohui邊說就邊用兩隻手指在城堡變小的影像上比劃，讓鏡頭整個拉近。這個功能確實方便，而且戴著手套也沒關係。

不斷擴大的城堡當中，可以看見一名士兵的身影。一個男人就趴在城堡東側眺望塔旁邊，手上拿著一把粗獷且巨大的步槍。

「發現了！」

首次看見的敵人身影讓蓮發出了叫聲。既然架著尺寸明顯與一般槍械不同的步槍，那麼他一定就是連同牆壁一起射擊蓮的傢伙了。

雖然是透過畫面的小小影像，但是首次目視敵人的瞬間──

嗶咚。

就傳出不符合戰場氣氛的可愛聲響，接著再次有文字映入蓮的視界當中。

「入手所有敵人的情報嘍！」

看來是營運方發布新的情報了。

發動條件似乎是首次確實地目擊敵人，不過透過無人機的攝影機與畫面也算數嗎？

嗯，算了。

蓮心存感激地收下情報。

「這次的敵人共有七名。他們全是最強的士兵！」

應該和蓮一樣閱讀著文字的不可次郎……

「真是感謝你們的好意了。」

以諷刺的口氣如此回答。

嗶咚。

第一個人隨著照片出現了。

能夠顯示敵方角色的外表對攻擊方有很大的幫助。因為進入城內時，沒辦法立刻判斷對方是敵人NPC還是參加測試的小隊成員會讓人很困擾。

畫面中是一名高大的白人男性。濃密的長鬍鬚讓人看不見他的下巴，長相就是典型的外國強壯大叔。年齡是四十多歲。

身上穿著美軍使用的多地形迷彩戰鬥服，另外可以看出用軍用頭盔保護頭部，用防彈背心來保護胸口。頭盔底下的額頭用繃帶捲了起來，應該是「受了點傷」的設定吧。

照片下面以英文和日文表示著「雅各」這個名字。

「這個壞蛋。」

不可次郎這麼說。

名字下方有「主要武器」的項目，顯是這個NPC主要使用的槍械。當然也可能使用除此之外的武器，但這依然是能知道敵人戰鬥方式的重要情報。

雅各的愛槍是「M4A1」。它是美軍所使用的5.56毫米口徑的突擊步槍。在GGO裡面算是極為普通的武裝。只不過，武裝雖然一般，不表示他也只有一般的實力。

嗶咚。第二個是一名黑人。

他也是體格類似職業摔角手的男性，蓮雖然看不太出來對方詳細的年齡，不過應該也是四十多歲吧。臉上沒有鬍鬚。照片裡的他是笑臉，可以看到一口雪白的牙齒。

身上穿著的服裝和裝備看起來跟雅各一樣。顯示的名字是「羅伊」。使用的槍械也是「M4A1」。

「這傢伙也是壞蛋。」

「不可，妳打算每一個人都這麼說嗎？」

嗶咚，第三個人出現了。

看起來比較年輕，大概是三十多歲的白人。略微細長的臉上散發出嚴厲的目光。顯示的名字是「RocK」。不清楚是他的本名還是渾名。槍械介紹欄上面出現「GM6Lynx」。

這是超出蓮知識之外的槍械。當蓮露出狐疑的表情時……

「這是反器材步槍喔。」

有所反應的是想要收集GGO內所有槍械的Pitohui。

「匈牙利製的Gepard系列之一。50口徑的半自動步槍，1個彈匣可以連續發射10發子彈，而且還是犢牛式設計。」

她立刻就口若懸河地說明了起來。犢牛式是彈匣和槍機位於扳機後方與槍托結合的槍械設計。具備能夠縮短全長的優點。

「以這種類型的槍械來說，它小巧到相當驚人而且重量很輕，只要願意就能站著連射，對射手的機動力有很大的幫助，敵人使用它的話很讓人頭痛喔。透過牆壁狙擊蓮的絕對就是他了。」

「唔。長這樣嗎……」

「Gepard系列裡Lynx應該尚未實裝，是NPC特權嗎？那是很可怕的槍械，大家要注意別連同牆壁被擊中了。」

「唔。」

蓮發出沉吟聲時，旁邊的不可次郎……

「Pito小姐，妳露出幹掉他把槍搶過來的眼神了。」

「哎呀，被發現了嗎？流通前的NPC所持槍械可以擄獲嗎？有的遊戲是辦得到喲。」

Pitohui露出今天看起來最愉快的表情。

順帶一提，「擄獲」是入手敵人使用物品的軍事用語。大致上是指入手敵人殘留下來的兵器，不是拿來做研究，就是自己的軍隊直接加以活用。

「什麼事情都得挑戰看看！放棄的話掠奪就在此結束嘍。」

第四個人的名字叫作「凱恩」，是一名膚色略深的東洋系男性。至今為止的戰鬥服都一樣，看來是經過統一了。這樣比較容易分辨，算是有利於進攻方。

凱恩是目前為止最為年輕的敵人，看起來只有二十多歲，不知道是不是「東洋人看起來較年輕的魔術」？然後還長得特別英俊。的確是個帥哥。在創造角色的時候，是以哪個電影演員作為模特兒嗎？

不可次郎以今天最為嚴肅的表情指著畫面……

「把這傢伙從邪惡組織帶走，然後當我的男友就是我們的最終目的。知道了嗎？」

「不可，別擅自更改設定。」

「所有人，我期待你們更上一層樓的奮鬥。」

「聽人說話好嗎？」

順帶一提，凱恩使用的槍械是Steyr公司的「Ｆ９０」。

它是有名的犢牛型突擊步槍SteyrＡＵＧ的近代改良版本。由於還有加裝了槍榴彈發射器的註記，所以必須注意飛過來的槍榴彈。

第五個人是「伏特加」。

才剛覺得真是有俄羅斯風味的名字，結果大頭照一看就是典型俄羅斯人般的高大白人。壯得像隻棕熊的他，跟M可以說是難分軒輊。

「唔嗯，是個粗壯的大叔嘛。我才不想這種傢伙變成男朋友呢。」

蓮溫柔地無視不可次郎指著畫面所說的話。

心裡則是想著「剛才瘋狂射穿我並且奪走我性命的就是這位嗎」。

武器欄裡寫著「ＰＫＰ PECHENEG」，這是ＳＨＩＮＣ也有使用的俄羅斯製ＰＫ（Ｍ）機槍的最新版本。

蓮還記得操縱羅莎的詩織像是聖誕節跟父母懇求買遊戲的小孩子一樣，表示接下來想用這把槍。

詩織表示：

「槍管是空冷式，射擊後高壓氣體將會把空氣吸進包覆槍管的筒子裡，讓槍管可以長時間連射，而且還因為不是可迅速更換式槍管而提升了射擊準度！還可以加裝瞄準鏡，所以很輕鬆就能進行遠距離攻擊！再加上發射速度也提升了，可以增加給予敵人的傷害！」

蓮聽見這商品說明般的發言後，不由得害怕起即使沒有聽完全部說明也能了解她想說什麼的自己。女大學生和女高中生對於槍械如此熟悉是要做什麼呢。

ＰＫＰ在ＧＧＯ內是最新的機關槍，所以相當難發現，想購買的話似乎也得付出一大筆金錢。

由於ＳＨＩＮＣ的眾人無法把現實世界的錢花在遊戲上，所以羅莎便感嘆著還要很久才能夠獲得這把武器。

嗶咚。

剩下來的兩個人中率先出線的是「哈珊」。

從名字很容易就能知道他是中東方面的人。皮膚的顏色相當濃，輪廓也很深，沿著臉龐線條留著整齊的鬍鬚，五十多歲的他是目前最年長的黃金熟男。

照片中的臉龐看起來愁雲慘霧，而且還帶著悲傷。

「這傢伙……正在協議離婚當中。」

不可次郎加上了這樣的設定……

「原因明明是老婆外遇，卻因為對方律師相當幹練而一直無法順利離婚。兩個女兒的撫養權似乎也快被奪走……明明跟爸爸比較親的啊……」

讓他變成了更加可悲的男人。

這名男人的愛槍是FN公司製「SCAR—H」。7.62毫米口徑的狙擊步槍。這是一把高性能的狙擊槍。戰鬥方式應該是像M這樣以半自動模式進行連射的狙擊手吧。在這個距離遙遠的戰場上，他也是個難纏的對手。

經過精挑細選的七名敵人當中，最後一個——是名為「醫生」的白人男性。

看起來大約三十多歲，正如「醫生」這個暱稱，外表是纖細的文青風格。頭盔底下帶著圓框俗氣眼鏡，看起來就不受女性歡迎。

「哈哈，七個人裡面的大魔王就是這個傢伙了。很多電影都是這樣的設定，所以一看就知道了。各位千萬別被那張處男臉給騙了。」

不可次郎所說的話……

「嗯，事到如今幹脆把他們全部打倒，所以那根本不重要啦。」

蓮聽見後就這樣冷冷地回答。

「哇喔！不愧是『不留活口的蓮！』！」

「別給我取奇怪的稱號。」

蓮雖然搖著頭，但是在ＳＪ２的巨蛋裡面，處身於那陣粉紅色煙霧當中遭到鏖殺的諸小隊成員，一定都是這麼認為吧。

那個處男——不對，是醫生使用的槍械是西格&紹爾公司的「ＭＣＸ」。

這也是少見的高性能突擊步槍。外表看起來與Ｍ４系列極為相似。整體來說重量相當輕且易操控，在室內戰時應該會成為棘手的敵人。

「使用突擊步槍的有雅各、羅伊、醫生。槍械上附加了槍榴彈的是凱恩。RocK用的是反器材步槍。伏特加則是機槍手。然後狙擊手是哈珊——好了。」

Pitohui再次確認名字和武器，然後左手迅速一揮將畫面消除。雖然這些情報應該隨時都可以叫出來，但是戰鬥當中根本沒辦法做這些麻煩的事情。

蓮再次捲動自己眼前的畫面，確認起敵人的長相。

ＳＪ裡名列前茅的隊伍裡面應該沒有長相類似的人，但為了慎重起見還是仔細地記住了。

雖然知道長相、名字和武裝，但還不太清楚他們的實力。

從剛才準確的遠距離狙擊和機槍攻擊就能知道絕對不弱……

「整支小隊的戰鬥力不知道如何？ＮＰＣ之間的合作不可能像人類那麼完美喲。雖然會遵守慣常程序，但是無法隨機應變。」

不可次郎不愧是遊戲狂，一開始就指出這一點。

「現在就可以確認這一點了。妳們看畫面。」

Ｍ這麼說。

蓮和不可次郎隨即望向Pitohui所拿的平板儀器。

從城堡上方拍攝的影像，映照出北側的森林。那座森林當中出現六個四角形浮標。似乎是Ｍ擊點畫面做出的設定。

「這些傢伙要對城堡發動攻擊。我想大概是ＭＭＴＭ。」

畫面在Ｍ的操縱下拉得更近。不論如何擴人影像的解析度都不會變差，只能說真不愧是遊戲的世界。

然後從樹木枝葉當中能看見的，是以匍匐前進在森林裡緩緩向前的綠色迷彩服男人的背部。

那絕對是ＭＭＴＭ沒錯。雖然利用雜草進行偽裝，但是直線基調的迷彩確實是屬於瑞典軍隊。ＳＪ２以後，那就成為ＭＭＴＭ的小隊制服了。

「哇，很有一套嘛，小衛衛。」

Pitohui咧嘴笑著這麼說道。身為隊長的他正式名稱是大衛。以前曾經待在同一個中隊裡的Pitohui一叫他小衛衛，他就會生氣。

不愧是小隊整體戰力相當高的ＭＭＴＭ，已經迫近到森林外圍距離城堡只剩１００公尺的位置了。

為了就算敵人從城堡裡出來並且在周圍布陣也不會發現，他們似乎乖乖地把到目前為止的時間都用在痛苦的匍匐前進上。

「這樣從森林出來後，是不是就能直接衝到城牆邊了？這樣的話——」

蓮這麼表示。

六個人一起往前跑，從北側的城門突入城內。然後拚命穿越中庭的話，要入侵城堡內部似乎也不是不可能的事。

如此一來，最喜歡室內戰鬥的ＭＭＴＭ就能瞬間打倒建築物內的敵人並且攻下終點。這樣這次的遊戲測試就會結束了。

「不過真的會這麼簡單嗎？」

「啊，Pito小姐露出邪惡的表情了。」

咕嘟。

事到如今也不能做什麼，蓮只能吞著口水注視眼前的發展。她就像隻鳥一樣，從上方關注接下即將發生的戰鬥。

「簡直像酒場裡面的觀眾。」

蓮這麼呢喃著。

畫面當中，MMTM停止匍匐前進了。

因為所有人都抵達森林邊緣的緣故。前方不再是樹木，距離100公尺外的地方就有城門。途中則是利於奔跑的乾燥土壤。

「啊啊……這樣或許會成功喔。」

蓮一這麼呢喃……

「嗯，應該能夠抵達城牆旁邊吧。上面也看不見NPC的身影。」

Pitohui便如此表示。

把畫面的距離拉遠，也看不見城牆上有敵人的蹤跡。也就是說他們沒有注意到MMTM。

突擊現在開始了。

ＭＭＴＭ的六個男人一起跑了起來。由於離開森林了，浮標也就跟著消失。

雖然可以看見奔跑的模樣，但是從上方無法看見臉孔。要以使用的槍械來判別也很困難。把畫面拉得更近一點或許就能看出來，但這樣就看不見整體的情形，所以Pitohui也放棄了。

畫面當中的六個人成為灰色的粗大線條往城牆跑了過去。敵人還沒有從城堡裡開槍射擊。

不到一會兒六個人就抵達城牆邊，接著更毫不猶豫地朝城門跑過去。

雖然從這個畫面看不太清楚，但是城門裡面應該有阻擋入侵者用的瓦礫山。只見在後面的男人架著槍械提供援護，其他成員則不斷進入城門當中。

然後當蓮覺得要從另一邊看見ＭＭＴＭ的身影，也就是他們穿越城門進入城堡裡頭的那瞬間──

就發生了爆炸。

城門入口前，稍微進入中庭的地方出現了一場大規模的爆炸。

「啊啊！」「哦哦～！」「哎呀。」「…………」

蓮看見了。不可次郎與Pitohui也看見同樣的影像。M雖然默默無言，但是他也看見了。

城牆內側數公尺處的地方，突然從地面發生爆炸。那並非來自上方的攻擊，絕對是早已設置了地雷或種某種爆裂物。

這個時候在那裡的是四名ＭＭＴＭ成員。四具身軀就這樣被轟飛出去。像紙片一樣輕輕飛上天空。

這個時候雖然也有一些手腳被炸斷，但現在已經不是受到多少傷害，ＨＰ還剩下多少的問題了吧。這種規模的爆炸一定所有人都立刻死亡了。

這個瞬間，剩下來的兩個人還在城牆外面。應該是預定以城門為陣地，把瓦礫當成掩蔽物來瘋狂射擊，藉此來支援其他四個人跑過中庭吧。

這時候只有一發子彈朝著這樣的兩個人飛過來。

飛行得比一般子彈還要緩慢的是40毫米槍榴彈。槍榴彈準確地命中目標。擊中城門外的地面然後爆炸，把剩下來的兩個人往左右轟飛。

瞬間就全滅了。

ＭＭＴＭ的六個人連發射1發子彈的時間都沒有，一瞬間就崩潰了。

砰哦哦嗯！砰嗯！

一大一小兩聲爆炸聲經由虛擬空氣傳導過來，進入蓮等人的耳朵當中。

畫面中爆炸的煙塵逐漸散去，城牆內外就亮起「Ｄｃａｄ」標籤，可以清楚地看見總共躺了六具屍體在那裡。

「哇呀……」

蓮發出乾澀的聲音……

「很有一套嘛！」

不可次郎不知道為什麼稱讚起敵人……

「這可真是……」

Pitohui也露出有些高興的笑容。

「早就被發現，然後受到伏擊了嗎……？敵人一直在忍耐嗎？」

蓮如此提問。明明至今為止完全沒有受到過攻擊。

「嗯……應該是這樣吧……」

Pitohui做出了曖昧的回應。如果是平時的她……

「那還用說嗎！啊哈哈，小衛衛也太粗心了！遜斃了！」

應該會這麼說才對吧。

蓮把視線從畫面移到Pitohui臉上。結果就看見臉上的刺青沒有任何動靜，表情相當嚴肅的Pitohui。這絕對是蓮首次看見她露出如此僵硬的表情——

妳哪位啊？

蓮心裡這麼想，但是沒有說出口。

之後M就開口表示：

「娘子軍好像要從東邊進攻了。」

「！」

蓮急忙把視線移回畫面上。

Pitohui暫時把畫面的鏡頭整個拉遠來映照出整座城堡，接著又聚焦在城堡東側。

根據地圖顯示，該處是草地，就畫面來看也確實是草地。長滿了高達大人腰部左右的雜草。乍看之下就像是夏天時芒草肆意成長的空地。

可以看見人影正撥開這些雜草往前跑著。

雖然綠地當中的綠色迷彩服很難分辨，但還是可以清楚地知道有人正在跑動。總共是四個人。

ＳＨＩＮＣ成員中的四個人在間隔數公尺的距離下散開，朝著東側的城牆跑去。目前剩下２００公尺左右。

「打算留下狙擊手展開突擊。」

Ｍ指出這一點後，蓮就點頭表示「原來如此」。

她們的作戰應該將使用那把特長槍械．ＰＴＲＤ１９４１反坦克步槍的冬馬，以及另一名狙擊手留在後方，其他四個人朝著城牆全力奔馳，然後衝入城牆內側吧。

雖然從無法抵擋子彈的草原進攻的話將會成為靶子，但因為聽見了敵人與ＭＭＴＭ的戰鬥聲，所以她們一定是早就等待著這個時機。

也就是說，等哪個地方開始戰鬥，己方就呼應對方也跟著發動攻勢。屆時敵人只能分散兵力兩處同時作戰，單邊的防禦力無論如何都會減弱。

雖然平凡無奇，不過是相當確實的作戰。

但是……

「這下會被幹掉了。」

Pitohui冰冷的聲音……

「啊！」

讓發現這個事實的蓮臉色大變。

ＳＨＩＮＣ雖然看準敵人ＮＰＣ的七個人對應其他隊伍的空檔來發動攻勢——

但是那場戰鬥早就結束了。只發生了兩場爆炸，ＭＭＴＭ就全滅了。

「不行啊，老大！快點逃！」

蓮的叫聲無法傳進對方耳裡。

畫面當中，殘忍的光景開始了。

才剛發現東側某座尖塔中途的洞穴——也就是窗戶出現了光芒，就有纖細的線條往草原降下。

那是ＰＫＰ機槍的攻擊，光線成為恐怖的刀刃，一一射穿ＳＨＩＮＣ的成員。由於４～５

發子彈裡會包含1顆曳光彈，所以應該有數倍於光線的子彈襲擊了她們。

「可惡啊，伏特加！」

這次的攻擊應該確實幹掉一個人了吧。但是也能夠知道敵人的位置了。

冬馬或者安娜攻擊的話，就能確實幹掉一個敵人！

當蓮這麼想的瞬間……

「咦？」

伏特加的攻擊就結束了，窗口的光芒，也就是開槍造成的槍口火焰也停止了。

然後下一個瞬間，就有一條特別粗大的線條衝進那扇窗戶當中。是從後方以ＰＴＲＤ１９４１進行的狙擊。

可以從洞穴清楚看見子彈擊中石頭的模樣，接著冒起些許灰色的煙。

「沒射中。」

當Pitohui冷靜地這麼說道，東側城牆上同時有人影出現了。三個男人架著步槍從眺望塔的左右兩邊登場了。

雖然不清楚他們的身分，但很清楚他們都是敵人。因為三個人都藏身於垛牆後面，只露出了槍管來瞄準、射擊ＳＨＩＮＣ的成員。

就算無法得知槍械的種類，也能清楚地看見噴火的模樣。半自動模式下具有節奏感的射擊。還在奔跑的三個人不斷地倒下。

「可惡！冬馬！安娜！加油啊！」

蓮雖然對兩名狙擊手送出聲援，但是這樣的希望也被殘忍地粉碎。

三個人結束最低限度的射擊後立刻趴下，另一座眺望塔的屋頂上出現另一名男人來取代他們，在他們趴下的同時就扣下巨大步槍的扳機。

特別盛大的槍口火焰出現了。但只有連續出現兩次。

接著一切便回歸平靜。

城牆上的三個人立刻隱身於眺望塔當中。草原上也沒有能動的生物了。

不用放大影像也能知道發生了什麼事。ＳＨＩＮＣ的突擊失敗。六個人全部戰死。

「啊啊……」

就一片茫然的蓮來看，敵人ＮＰＣ之間的合作可以說是完美無瑕。

首先是機槍手伏特加。從有利地點擊倒一個人後，通常會出現「再幹掉一個人」的慾望，但是他一瞬間就退了回去。

就是這樣才躲開ＳＨＩＮＣ正確無比的狙擊，同時完成告訴伙伴她們位於何處的任務。ＰＴＲＤ１９４１的槍口火焰應該相當顯眼才對。

接著出現的三名敵人屠殺了剩下來的突擊部隊，當冬馬和安娜的注意力被那邊吸引過去的瞬間，就被ＲｏｃＫ的ＧＭ6 Lynx擊中了。

只發射2發子彈，就表示這樣已經足夠。

冬馬和安娜不是身體斷成兩半，就是有了類似的悲慘遭遇。希望寶貴的ＰＴＲＤ１９４１反坦克步槍不要被子彈擊中而變成一把沒用的槍。

「全……全滅……ＳＨＩＮＣ也全滅……」

蓮無力地這麼呢喃著。

「大概過了幾秒鐘？」

不可次郎在意這件事情，Pitohui則回答她說：

「二十七秒。」

竟然量了嗎！

蓮在內心這麼大叫，但是沒有把話說出來。

「妳量了啊！」

不可次郎直接就說了。

「唉……」

繼ＭＭＴＭ之後，連ＳＨＩＮＣ都被幹掉了。蓮只能失望地垂下肩膀。

「蓮就是人太好了。敵對小隊攻略敵人魔王失敗，而且還能知道魔王的強度，這對我們來說可是很大的收穫喲。」

不愧是在眾多遊戲中歷經生死關頭，甚至是直接死亡的不可次郎。所做的發言果然很無情。然後這種時候，她的發言是相當正確……

「嗯，是沒錯啦……」

但是對於蓮來說，看見認為是宿命對手的小隊被人輕而易舉的痛宰，總是會覺得有點懊悔與悲哀。

「又有一支小隊要進攻了。從西北方衝過去了。」

M的聲音響起。

「又會被全滅嗎？」

不可次郎這麼問道……

「應該又會被全滅呢。」

Pitohui則這麼回答。

「好了好了，這次又是哪一支小隊要遭到全滅？」

蓮整個開始鬧彆扭了。M則是這麼回答她。

「是那群拿機關槍的傢伙。」

哎呀ZEMAL竟然在那種地方嗎？

不可次郎開口詢問：

「你們覺得可以撐幾秒？我覺得二十秒。」

「嗯……我覺得更少，大概十五秒吧？」

「幾秒都無所謂啦。」

鬧彆扭的蓮才剛說完，Pitohui操作的畫面就映照出他們的模樣。

五個人確實從城牆的西北，剛好介於森林與荒地中間的地方出現了。

他們到剛才為止似乎都躲藏在森林邊緣。

熱衷於開槍的他們，應該會一邊突擊一邊瘋狂開火吧。剛好成為很棒的槍靶。

心想反正馬上就會被擊中的蓮，看向Pitohui擴大的畫面。

然後當影像放到最大的瞬間，蓮就不敢相信自己眼睛所見到的……

「啥啊啊啊？」

忍不住就放聲大叫了起來。

SECT.5

第五章　全日本機關槍愛好者的陷阱

蓮已經預想到了。ＺＥＭＡＬ的五個人抱著機槍一邊瘋狂射擊一邊往城堡突進的模樣。

然後比ＭＭＴＭ和ＳＨＩＮＣ更快被不負最強ＮＰＣ之名的七個人幹掉。

所以當他們拿著標語牌登場的時候……

「啥啊啊啊？」

蓮就忍不住發出巨大的聲音。

蓮無法相信畫面當中的事情，也無法相信自己的眼睛。

「哦咿？」

「唔？」

「什麼！」

聽見不可次郎、Pitohui，甚至連Ｍ都發出驚訝的聲音，蓮就知道不是眼睛的錯覺，也不是無人機的攝影機故障了。

放到最大的畫面當中，ＺＥＭＡＬ的五個人抱著的不是機槍，而是大大的標語牌。

和人類對照之下，可以知道標語板大概是寬５公尺，長２公尺左右。ＺＥＭＡＬ的所有人都為了拿起板子而用上雙手。

手上當然沒有武器，機關槍與背包型供彈系統都收納到倉庫欄裡面了。

蓮知道那些暗紅色的巨大板子是從何而來。那些東西就在己方剛才藏身的廢墟最上方。沒錯，原本是房子屋頂的一部分。

然後那些板子上都寫著字。他們拿天花板來做成巨大標語牌，一邊讓敵人NPC看見一邊往城堡靠近。

字的顏色是灰色，從其特別顯眼的筆直線條就能知道，是以牛皮膠布貼成的文字。

橫向文字上下排成兩列，但是從正上方的影像以及他們正在移動的關係，讓人很難看清楚上面的字。

蓮試著挑戰這個任務……

「W、E、R——」

但看了三個字就放棄了。不可次郎則是……

「是什麼文啊？」

連一個字都沒看就放棄了。

至於Pitohui……

「WE'RE NOT A HOSTILE TEAM! LET US GET INTO THE CASTLE!」

則很流暢地把內容唸出來。

「啥啊啊啊？」

蓮了解內容後就發出了低吼。

「哦……」

不可次郎再次發出沉吟。然後開口問道：

「那是什麼文啊？」

「英文啦！」

蓮忍不住吐嘈了她，話說回來，跟其他學科比起來，美優特別不擅長英文。

「Oh！English！」

M這個活體翻譯機把內容看過後，就把英文轉換成日文。

「『我們不是敵對勢力。讓我們入城吧！』。」

「原來如此。」

不可次郎也理解的下一刻……

「啥啊啊啊啊？」

就發出跟蓮一樣的聲音。然後……

「瘋了嗎？那是怎樣？那些傢伙——要投降嗎？」

Pitohui很開心地回答：

「怎麼可能。他們是想裝成同伴來入城，再把ＮＰＣ全部幹掉。之所以把槍收進倉庫欄，也是故意把它藏起來的吧。」

「這樣……真的能成功嗎？」

蓮開口這麼問。Pitohui則是回答：

「嗯，不可能吧。從倉庫欄拿出武器來射擊的這幾秒鐘就會被發現，因為說起來——」

「對方是無人操縱的ＮＰＣ。不會了解那個看板的文字與主旨。只會覺得有敵人過來就直接開槍。」

不可次郎插話進來這麼表示。

「咦！因為是美國的遊戲，所以努力使用了英文。不過差不多要中槍了吧？」

畫面當中，ＺＥＭＡＬ與城堡的距離已經剩下３００公尺左右——

然後在沒有任何事情發生的情況下變成２５０公尺。ＺＥＭＡＬ的五個人就這樣抱著標語板持續前進。

「咦咦？」

Pitohui歪起脖子，不可次郎則是表示：

「Pito小姐，妳猜錯了！感覺好像會順利成功耶！」

「咦咦咦？為什麼？怎麼會呢？」

蓮感覺是第一次看見Pitohui真的慌張起來的模樣。

把視線移回平板儀器的轉播畫面，就看見ＺＥＭＡＬ那群傢伙來到距離城牆２００公尺的位置。

城牆上面可以看到剛才射擊ＳＨＩＮＣ的兩名ＮＰＣ。他們這時還是架著槍械，但是沒有射擊ＺＥＭＡＬ。

「可惡！」

下一個瞬間，Pitohui就丟下平板儀器。

「嗚哇啊。」

蓮急忙把平板儀器接住……

「Ｍ！把槍借我！」

Pitohui在同一時間對著Ｍ這麼大叫。

「！」

Ｍ即使感到驚訝，還是迅速遵照指示。右手放開遙控器後，把用背帶揹在背上的Ｍ１４・ＥＢＲ從身上拿下來並丟給Pitohui。

Ｍ輕鬆地丟出沉重的槍械，Pitohui也輕鬆地將其接下。這兩個人的筋力到底有多高啊？加裝了瞄準鏡後應該有６公斤的槍械，他們拿起來卻像是網球拍一樣。

「Pito小姐，妳想做什麼？」

Pitohui以行動來回答了不可次郎的問題。

她迅速跑上己方所藏身的瓦礫堆，在接近頂端處趴下來，以相當勉強的姿勢架起M14·EBR。瞄準的目標當然是城牆。

「想做什麼……？」

在蓮尚未來得及理解之前……

滋噠嗯！

Pitohui就開槍了。7.62毫米的沉重槍聲響徹四周圍。

滋噠嗯！滋噠嗯！滋噠嗯！滋噠嗯！滋噠嗯！

再補上半自動模式的五連射。空彈殼不斷在烏雲密布的天空畫出拋物線。

雖然是M愛用的槍械，不過Pitohui一定認為「我的槍是我的槍。M的槍還是我的槍」。所以一定也很習慣使用M14·EBR。

與城牆之間隔了800公尺，是好不容易才能狙擊到對方的距離……

「哦！」

蓮從手中的轉播畫面，看見城牆上的兩個人趴了下去。他們附近，應該說距離1公尺外的位置可以連續看見著彈的煙霧。

狙擊技術方面，槍的主人果然優於Pitohui。M的話，第一發子彈應該就擊中了吧。

然後……

「來嘍。」

Pitohui邊說邊從瓦礫堆上滑回來，下一個瞬間……

嘎嘎嘎嘎嘎嘎嗯！嘎嘎嘎嘎嗯！嘎嘎嘎嘎嘎嘎嗯！

己方躲藏的瓦礫山就響起大量猛烈的著彈聲。

「嗚咿！」

不用看畫面蓮也知道發生了什麼事。

城堡的某處，應該是仍在尖塔上的機槍手伏特加沒有錯過Pitohui的槍口火焰，迅速朝這邊發動反擊。

反應速度還是一樣快，集彈率也相當高。子彈幾乎全部擊中瓦礫，把該處的物體全部削掉。飛濺的木屑掉到蓮的頭上。

由於Pitohui沒有繼續還擊，槍戰就到這裡結束了……

「怎麼樣？」

Pitohui看著畫面這麼說……

「什麼『怎麼樣』？啊啊！」

蓮嚇了一跳。到剛才都順利往前進的五名ＺＥＭＡＬ成員，這時候丟下手中巨大標語板，開始往城堡的反方向逃去。

不可次郎看見後……

「哈哈，那些傢伙以為詐騙作戰被識破，對方朝自己開槍了。真是群膽小鬼。這時候應該繼續欺騙對方，一邊嚷著『Help！』一邊衝進城裡才對。這群傢伙的作戰還是這麼粗糙。」

就像無人機從上方拍攝般，以高高在上的態度這麼批評。

「好了好了。那麼……」

這似乎就是Pitohui的目的，只見她用平常那種恐怖的笑容注視著事情的發展。

ＺＥＭＡＬ沒有將機關槍實體化，只是輕裝持續逃亡。面對他們的背部，城堡裡面——連１發子彈都沒有射擊。

最後ＺＥＭＡＬ所有人就和城堡拉開一段距離，像想起什麼事情般把前進路線改成北方，消失在黑暗的森林當中。

看完整件事情的經過後……

「Pito小姐，妳到底想做什麼……？」

蓮就開口問道。

「嗯，不想讓那些傢伙用這種手段搶先。就稍微惡作劇一下。」

Pitohui如此回答，眨了一下一隻眼睛……

「……？」

蓮現在還是無法接受她的說法。因為她認為Pitohui不是會浪費子彈，在毫無意義的情況下讓己方藏身處曝光的人。

當她們在對話時……

「沒剩下多少電力了。必須更換電池。」

M邊說邊把無人機叫回來。太過方便的話會破壞遊戲的平衡度。所以每次可以飛行的時間似乎只有短短幾分鐘。

蓮先是聽見頭上傳來嗡嗡聲，不久之後無人機就從正上方緩緩下降。

蓮以溫柔的目光往上看著立下大功的無人機……

「歡迎回來，無人機小弟！」

「就沒有好一點的名字嗎？」

由於不可次郎這麼說，蓮就考慮起其他名字。

「那麼，無人機小妹！」

「一樣啦。」

雖然不想被取出右太和左子這種名字的不可次郎批評，不過蓮確實沒有什麼取名字的天分。

無人機小弟緩緩朝著這樣的兩個人下降，在剩下5公尺左右的瞬間——

噗嗡啪嘰！

無人機四個螺旋槳當中，有兩個在空中粉碎了。

「啊！」

感到驚訝的蓮可以理解發生了什麼事。

噗嗡是沉重子彈飛過來的聲音。這種距離下的這種準度。絕對是那個拿反器材步槍的傢伙幹的好事。槍聲之後才傳了過來。

子彈雖然沒有擊中無人機的本體，但是通過螺旋槳的位置，把右側的前後螺旋槳擊碎了。

靠四個螺旋槳飄浮的無人機，突然間一口氣失去了單邊的浮力會怎麼樣呢？

答案就在蓮的眼前發生了。

被子彈擊中的衝擊讓無人機一瞬間往左傾，下一刻左側的浮力就把本體整個翻轉，然後往地面急速落下。無人機朝蓮的臉龐突擊過來——

「噠啊！」

啪嘰！

下一個瞬間，無人機的本體就在螺旋槳被轟飛的右側朝下的情況下出現在蓮的手掌裡。

那簡直就像是「空手接白刃」，也就是用空手接住使出上段斬的日本刀一般。

蓮的瞬間爆發力，還有愛與勇氣救了無人機小弟一命。

朝向天空的左側螺旋槳停止旋轉之後……

「呼……」

蓮才放心地吐出長長一口氣，然後溫柔地把失去一邊翅膀的無人機小弟放到地上。

「很有一套嘛！蓮！」

不可次郎感到興奮不已。

「來ＡＬＯ的話，我們用真劍試一次吧！」

「才不要哩。」

蓮立刻這麼回答。

「不要緊吧？小蓮，手沒有被螺旋槳割傷吧？」

「沒什麼大礙。」

如果掉下來的是左側的話，手一定就被割傷了吧。然後臉龐還可能因為手沒接好而被削掉。光是想到被高速旋轉的螺旋槳擊中會有什麼下場就令人感到害怕。

嗯，不過是在遊戲當中，最糟糕也就是損失一些ＨＰ吧。跟被子彈擊中比起來，這種狀況還比較好一點。

結束操縱的M檢查了一下無人機，然後抬頭看著蓮。

「更換螺旋槳就還能飛行。謝謝妳，蓮。」

「不客氣！」

「但是現在沒有預備的螺旋槳。」

「咦咦！」

雖然沒有失去花了現實世界11萬日幣的道具，但在這次的遊戲測試裡非常貴重的空中眼線已經被擊潰了。

「雖然認為有必要，但是預備的螺旋槳還沒有販售喲。」

「那……那怎麼辦？」

「沒辦法了。」

M揮動左手，解除了無人機本體和遙控器、面板的實體化。這些東西變成光粒並消失，直接收納到M的倉庫欄當中。

「但是，大概可以知道敵人的情況了。這是很大的收穫喔！」

Pitohui發出興奮的聲音……

「真的……能贏過那種傢伙嗎？」

蓮忍不住這麼問道。瞬間幹掉MMTM和SHINC的恐怖敵人，還擁有強力武裝，占據了極為有利的地點。

「這是無法攻略的遊戲……」

面對忍不住這麼說的蓮……

磅！

Pitohui雙手用力一拍……

「好了！別悲觀！不到最後決不放棄！妳忘記『不論何時都Never give up』的小隊座右銘了嗎？」

「哪有那種東西啊……」

「現在想到的！」

「唔……」

Pitohui回頭看向M……

「M~想到什麼作戰了嗎？」

然後咧嘴笑著這麼問。M靜靜搖了搖岩石般巨大的臉孔。

「好吧！那就依照我的作戰方式吧！」

「太棒了！是什麼樣的作戰？」

很會炒熱氣氛的不可次郎這麼問……

「放棄優勝作戰喲！」

「啥？」

「放棄贏得優勝！也就是說，那種敵人不是我們一支小隊就能對付得了吧？」

M立刻了解她的意思。

「妳的意思是，要向殘存的所有小隊提出聯合作戰的提議嘍？」

「沒錯！首先就從那些傢伙開始說服。」

Pitohui往西南方猛力一指。

「誰？」

蓮歪著脖子這麼問。接著立刻從懷裡拿出單筒望遠鏡來貼在右眼……

「啊！」

眼睛就看見一群處於全身護具狀態的玩家，悄悄趴在還算遠的700公尺外，戰戰兢兢地看著這邊。

蓮清楚地記得這些傢伙。怎麼可能忘記呢。

在SJ2時奪走我方成員性命的諸位大德，「T—S」小隊的眾人。

「那個……你們好……」

回應招手而來到現場的是全身護具，戴著看不見臉孔的頭盔，慣用手外側裝備著四角形盾牌的眾科幻士兵。

T—S。他們是SJ2的優勝者。就算獲勝方法不太光明，優勝就是優勝。這是無庸置疑的紀錄。頭盔上的小隊章是從水中探出頭來露出利牙的殺人鯨。

「那個，大家都不想被看見臉，所以由我代表來發言……」

向他們搭話的是全身護具上寫著號碼「002」的男人。殺人鯨雖然探出了頭，不過似乎很討厭人類。

頭盔從下巴的位置往後打開，有著一副溫柔長相的他叫作艾爾賓。SJ3裡被分配到背叛者小隊，明明非常努力，最後卻慘遭Pitohui謀殺的可憐傢伙。

「哈囉！艾爾賓！好久不見！」

面對Pitohui充滿元氣的招呼聲……

「！」

艾爾賓嚇得身體震動了一下，不過又有誰能取笑他的這種反應呢。突然被人用光劍從喉嚨刺穿後腦勺的話，當然會產生懼怕的意識吧。

其他的幾個也是有了在幾乎快沉入海裡的高樓大廈上不知所措時，被豪華客船撞飛而死這種難得經驗的人。當然不可能對Pitohui有好感。

T—S的眾人身上的武裝似乎和SJ3時沒有兩樣，機槍手是HK公司製的冷門槍械「GR9」。使用突擊步槍的四個人各拿著兩把「AUG」和「SAR21」。全部都是有著科幻外型的犢牛式槍械。

艾爾賓也跟上次一樣拿著「XM8」。這把槍給想要接近前豪華客船「尚有時間」的蓮、不可次郎以及M吃足了苦頭。M差點就因為它而溺死。

Pitohui在膽戰心驚的T—S六名成員面前……

「再靠過來一點啊。會被城牆上的50口徑擊中喲。」

要他們完全把身體藏在瓦礫後方。

六個人就一邊注意槍口的方向，一邊僵硬地蹲下身子。

雖然Pitohui把HK416C繞到身體側面，但她身後站著手拿P90的小不點和把M14・EBR放在身體前面的巨漢。

蓮當然不會因為私怨就開槍射擊他們。

既然Pitohui表示想到了作戰，那就默默地注視事情發展即可。蓮瞄了一眼手錶，得知目前的時間是二十點三十分。

「那麼，小T們，告訴我你們剩下幾條命吧。」

雖然T—S的小隊名被變得很可愛，但在意這件事也沒什麼用，所以便沒有特別抱怨。艾爾賓老實地回答：

「全滅一次了。所有人都剩下兩條命。」

「原來如此。和那些傢伙交手之後有什麼感想？」

聽見Pitohui的問題，艾爾賓便以就他來說相當嚴肅的表情回答：

「太強了！動作太完美了！彼此間的合作太天衣無縫了！瞄準也太準確了！」

「沒錯。能確實承認對方的實力是件好事。」

Pitohui因為奇怪的事情而稱讚了他們。

「還有，第一發子彈也完全看不到彈道預測線……真的有那種事嗎？」

「當然有嘍。我們家的M不就展示過了嗎？既然玩家辦得到，那麼NPC當然也沒問題嘍。」

「是沒錯啦……」

「那麼，你們接下來有什麼打算？」

「…………請讓我們一起戰鬥吧！就算要笑我們沒用也沒關係！希望至少能夠闖入那座城堡裡！」

「哦……有骨氣。我喜歡！」

「那麼……？」

「其實我已經有想法了。點了就是聚集所有生存者一起發動攻擊。既然這樣就剛好，你們就聽我的指揮吧。至少不會讓你們平白犧牲。」

「…………」

艾爾賓沉默了幾秒鐘。

蓮能夠理解他的想法。雖然提出共同戰鬥的提案，但還是會猶豫加入此人麾下真的沒關係嗎？因為Pitohui背叛人就跟吃飯喝水一樣。

但是他們這次似乎下定決心了。光靠自己的話，再怎麼掙扎都無法闖入那座城堡。

「了解了。我們就聽妳的指揮吧！只不過——」

「只不過？」

「抵達城堡的話，基本上我們會以消滅敵人ＮＰＣ為目標，但是——」

「但是什麼？」

「我們會自己找時機背叛！有空檔的話就會從背後開槍射擊！」

「啊哈！那真是太棒了！」

和Pitohui相處之後，在各方面似乎都會變得堅強許多。

「那麼，你們看過其他參加的隊伍嗎？我們剛才看到MMTM和SHINC全滅，然後ZEMAL逃走了。」

Pitohui這麼表示。

原來如此，共享情報嗎？

蓮感到很佩服。這一定得聽聽看才行了。

艾爾賓則是如此回答：

「我們一開始是從森林深處出發。雖然遭遇MMTM，但互相沒有開火就擦身而過。還有TOMS也參加了。」

「哦？是柯爾所屬的隊伍吧。」

他們是SJ3裡最後剩下來的六隊其中之一，像蓮一樣以敏捷度為優先的飛毛腿們。從該隊派遣過來的背叛者就是柯爾。

「他們發揮飛毛腿的速度攻擊了好幾次，但全滅了兩次，之後我們就不知道了。我想大概是……」

「因為對手太強而感到厭煩，從遊戲裡撤退了嗎？唔嗯唔嗯。」

這麼說完之後，可能進入思考時間了吧，只見Pitohui一直凝視著天空中的一點。

時間是三十秒左右……

「好吧，那就盡量拚拚看嘍！」

Pitohui把臉轉向蓮，然後迅速地做出命令。

「跑啊！蓮！跑起來！」

「哦！」

受到影響的蓮也簡短地回答了一聲，但是立刻又問：

「跑去哪？」

Pitohui豎起大拇指回答：

「繞一圈。」

＊　＊　＊

「傳令～！傳令～！」

蓮正在奔跑。

全力跑在距離城堡2公里遠的荒地上。

「傳令～！」

嘴裡還這麼大叫著。

Pitohui命令她的任務是傳令。總之就是在這個戰場上繞圈，呼籲途中遇見的隊伍一起戰鬥，以通訊道具和該小隊的隊長連線，這就是她的目的。

蓮就在所有武裝都收在倉庫欄裡，就連裝備腰帶都沒有的最輕盈狀態下奔跑著。嗯，其實不論收在倉庫欄還是穿在身上，自己能發揮的最高速度都一樣就是了，但是雙手自由的話果然還是比較容易奔跑。

只不過完全無法做任何反擊，對方比較耐不住性子的話可能會被擊中，所以算是危險的任務。

在烏雲密布的天空下跑著，最後就看見了ZEMAL。

「傳～令！」

蓮直接往他們五個人衝去。

「妳這傢伙搞什——傳令？」

TomTom邊說邊把FN．MAG的槍口移過去，但是沒有開槍射擊。

令人吃驚的是，ZEMAL剛才遁走後，現在竟然再次用牛皮膠布在大板子上寫著同樣的文字。

蓮在他們面前緊急煞車……

「又來這套嗎！」

蓮感到傻眼。他們似乎仍未放棄那個作戰。

「哦！是粉紅色小不點嗎？傳令又是怎麼回事？」

正在指示如何貼牛皮膠布的Sinohara這麼問道，於是蓮便將Pitohui的訊息傳達給ZEMAL所有人知道。

內容是建議各隊攜手合作。

各隊就這樣分散來繼續攻擊，也無法勝過占據有利地點的NPC。身為小隊力量獲得評價才會被邀請參加這次遊戲測試的SJ玩家，遭到敵人NPC各個擊破而結束遊戲的話還是會很懊悔。所以現在先聯手吧。由於想告訴大家聯手的作戰方式，所以希望存活者先聚集在一起。地點是距離城堡2公里左右的西南方。從城堡無法直接看到那裡，而且不會受到任何槍械的狙擊。

「嗯……怎麼辦？」

休伊如此詢問伙伴，結果彼得便回答他說「隊長是你啊」。

「是沒錯啦，嗯……」

這時侯蓮說出Pitohui準備好的一句話。

「她說『聯合小隊裡機槍手很少，所以你們可以超級發光發熱喲。大家都超期待你們的表現』。」

「我接受妳的提議！」

幸好他們是很容易懂的男人。

蓮先利用通訊道具向Pitohui報告結果。然後切斷連線再次跑了起來。

蓮她……

「傳令～！傳令～！」

某一天在森林裡遇見了ＭＭＴＭ。

那當然不是什麼普通的邂逅——

戰場北部蒼鬱的森林當中，當認為ＭＭＴＭ應該在這邊附近卻完全找不到人的蓮緩慢奔跑著時……

「嗚哦啦！」

趴在草地裡的一名成員，也就是使用「Ｇ３６Ｋ」的健太就從蓮旁邊飛撲過來……

「哇呀！」

以拳法般的技巧把她的右臂由內往外固定，瞬間就制服了她。

「嗚咿！傳令！我有話要說！」

蓮差點被小刀貫穿脖子。

「…………隊長！」

健太放下右手拔出來的戰鬥小刀，以左臂和左膝壓住蓮的身體並且呼叫大衛。

由於距離城堡還有1公里以上的距離，所以大衛便拿下戴在頭上的枝葉偽裝走了過來。

其他成員都沒有現身，甚至連氣息都感覺不到。

不用特別做出指示，他們也會在自己負責的區域持續警戒著周圍。這是考慮到NPC集團可能會從城裡派出數人組成的單位來進攻所做的準備。

把加裝槍榴彈發射器的「STM—556」揹在背上的大衛，塗滿綠色迷彩的臉上只有眼睛發出光芒。縫在右手上臂的小隊章，咬著小刀的骷髏頭看起來很恐怖。

「有什麼事？」

緊接著……

就對目前仍趴在健太身體底下的蓮這麼問道。

「沒有啦，希望你們先放開我……」

「妳太強了，所以沒辦法。我這是在稱讚妳喔。」

「謝謝喔……我是來告訴你們Pito小姐的傳言。」

「哦……那個女人的傳言嗎……」

大衛的眼睛瞬間瞇了起來。

啊這下會被幹掉了Pito小姐這個笨蛋！

蓮心裡這麼想。蓮看過轉播影像之後，知道Pitohui在ＳＪ２和ＳＪ３裡對他做了些什麼。在ＳＪ３裡身為背叛者的他是蓮的隊友，但上次是上次，跟這次無關。由於是可以互相殘殺的狀態，所以除了性騷擾行為之外，不論受到對方什麼樣的對待都無法抱怨。

然後……

「什麼事？快說吧。」

「呼……」

看來蓮暫時是不必多喪失一條性命了。

蓮在趴著的情況下結束說明後，大衛便對著她問：

「妳似乎很清楚我們的狀況，究竟是如何得知的？」

蓮內心想著「確實有一套」。這個男人果然不會有任何疏忽。由於Pitohui說過對方問的話可以說出來沒關係，蓮就老實地回答：

「Ｍ先生入手無人機，所以我們從上方看到了。」

「哦！那東西現在還能用嗎？」

大衛對於無人機相當感興趣……

「很可惜，被狙擊後失去了螺旋槳。這次的遊戲測試沒辦法使用了。」

蓮一這麼說，他便明顯露出沮喪的模樣。

「那麼，聚集存活者之後，你們打算如何攻下那座城？」

「這部分我就不清楚了。接到的命令是要你們先聽聽看她怎麼說。不想去集合的話，就要我連結通訊道具直接進行對話。」

「Pitohui沒想過妳會在這裡被我們殺掉嗎？」

由於沒什麼好隱瞞的，蓮也就老實地回答：

「出發前她就要我有所覺悟了。」

「哎呀？就算這樣妳還是來了嗎？」

「嗯。反正我還剩下兩條命。剛才也算是跟Pito小姐借了一條命。」

「…………」

大衛陷入長考當中。不過也只花了十秒左右。然後……

「幫我連線吧。」

「傳令～！傳令～！」

蓮急奔過東部的草原。

以蓮的身高，像芒草那樣的植物大概到她的腰部左右。這個一整片綠色的地帶，視界算不上好。右側遠方稍微可以看見小小的城堡，希望敵人不會從那裡射擊。

「什麼嘛，是蓮嗎？快趴下。」

突然間聽見塔妮亞的聲音，於是蓮就先趴了下來。接著周圍就響起雜草被撥開的窸窣聲。

ＳＨＩＮＣ果然在這附近。

從雜草間探出一張銀髮狐狸眼的臉。由於頭部和背部都捲了大量的雜草來進行偽裝……

「嗚咿！」

突然間只看見對方的臉，讓蓮一瞬間真的嚇了一大跳。

「呀哈！」

「老大在哪？Pito小姐有話要跟她說。」

「這樣啊。跟我來吧。」

兩個人快速在草叢裡匍匐前進了數十公尺，來到老大等五個人趴著警戒四面八方的地點。

一把全長2公尺的巨大槍械，ＰＴＲＤ１９４１反坦克步槍就用兩腳架設置在她們中央。

「太好了。沒有壞掉嗎！不過，死了一條命也不能算好啦……」

「哦？妳怎麼會知道？」

老大當然會這麼問，而蓮也再度做出說明。

「嗯……沒辦法使用無人機確實是很大的損失……」

老大果然也跟大衛有同樣的想法。接著……

「在這樣的情形下，還有能夠確實獲勝的作戰嗎？」

果然又跟大衛說出同樣的話。

「這個……我也不知道……」

蓮也同樣只能老實地回答對方。

雖然也有重新用通訊道具連線Pitohui加以質問的方法，但她說不定仍在說服，或者懷柔大衛當中，這麼做可能會打擾到她，所以還是只能放棄。

相對地……

「還有看見哪些其他的隊伍嗎？」

提出了剛才沒能詢問ＭＭＴＭ的問題。Pitohui也吩咐要先詢問這一點，但ＺＥＭＡＬ立刻就答應合作，ＭＭＴＭ則根本沒有時間問這種事。

結果老大便回答：

「不，沒看見。不過無法保證就沒有其他隊伍。把地圖叫出來看看吧。」

想著「對喔，還有這個辦法」的蓮在眼前叫出小小的地圖。

上面出現作為復活線的圓。圓大概是在距離城堡2公里的位置，和伙伴所躲藏的位置，或者可以說與城堡之間的距離一致。

「嗯，好像是沒有。」

蓮一收起地圖……

「唔……」

老大就雙手抱胸發出沉吟聲。

蓮默默地等待著。

蓮在內心冷汗直流的情況下等待著，最後老大就又看了一下手錶……

「還有一個小時以上的時間。就聽聽看她怎麼說吧。」

目前的時間是二十點五十分。

SECT.6

第六章　Pitohui的突擊

二十一點八分。

遊戲開始經過一小時又八分鐘的時候……

「嗨！歡迎各位被選中的勇者來到這裡！」

參加這次遊戲測試的成員，在蓮的傳令與Pitohui的說服下全部聚集在一起。

這裡是位於城堡南南西2公里左右一棟大廢屋後面。隔了這麼遠的距離，就算是GM6 Lynx也是在有效射程之外，而且也會因為視界模糊也看不清楚。

總數為二十七人。這麼大一群人分別是——

「好了好了，大家聽得見嗎？聽不見的人請舉手！」

包含剛才像是國王，現在像帶隊老師般高聲說著話的Pitohui在內的LPFM的四名成員。

M、不可次郎和蓮還是為了警戒敵人從城堡裡出擊而背對著眾人。蓮和Pitohui各自剩下2條命，M和不可次郎則是3條。

其他玩家則是按照小隊聚集在Pitohui面前。

「…………」

包含默默瞪著Pitohui的大衛在內的六名MMTM成員。所有人剩下2條命。

再來是全身都包裹著護具，所以比一般人看起來大兩圈的T—S諸成員。他們六個人都剩下2條命。

ZEMAL的五名成員背上揹著裝有大量彈藥的大背包，以及連結著背包的機槍。他們也全剩下2條命。

最後是聚集在長槍般的PTRD1941周圍的娘子軍軍團・SHINC的六個人。剩餘的生命是塔妮亞1，其他人2。

「嗯，我想應該不用互相自我介紹了。畢竟在SJ3發生了那麼多事。」

Pitohui如此表示。實際上也正如她所說，因此所有人都沒有異議。與Pitohui有最多糾葛的大衛則露出苦澀的表情……

「…………」

並保持著沉默。

「首先，想先問一下這個時間點有沒有人有什麼問題或意見的？」

Pitohui這麼問道，不過沒有得到任何反應。

「那OK了。我們先來掌握一下狀況吧。」

Pitohui在自己與集團之間的地面上叫出大大的地圖。

接著把中央是城堡的地圖，其東西南北向設置成跟現實——跟這個虛擬世界的現實一樣。

城堡、周圍的地形和復活用的圓出現了。每個人的眼裡，都能看見表示自己所在地的光點，不過所有人都是在同一個地方。同時也是在圓周上面。

「城堡是被城牆圍住，然後東西南北方各有一座城門。塔在其中間的角度呢……」

Pitohui邊說邊操作著視窗，把剛才用無人機拍攝下來的幾張螢幕截圖傳送到各小隊面前。

他們眼前的空中隨即浮現出畫面。

思緒真是周詳。想不到已經預測到或許會出現這種情況了嗎？

邊警戒周圍邊聽著談話的蓮感到很佩服。

各小隊的隊長與成員都緊盯著貴重的空拍畫面看。ＭＭＴＭ的四個人以外應該都沒看過中庭與城堡本體的模樣才對。就連ＭＭＴＭ也是立刻就死亡了，所以根本沒有時間好好觀察。

「這真是太感謝了。」

大衛……

「好棒的情報。」

以及老大都直率地說出感想。

兩個人一定絞盡腦汁想著該如何攻略那座城堡。可以聽見他們和同伴竊竊私語的聲音。

「在塔上設置機槍的話，就很容易防守了吧。」

ＺＥＭＡＬ的休伊做出這樣的發言，而他的同伴則是猛烈地點頭。只有一支小隊想的事情完全相反。

「喂喂，這一點都不好笑喲。Pito小姐那時候幹得好。」

聽見他們發言的不可次郎如此呢喃……

「就是說啊。」

蓮也完全表示贊同。

萬一敵人NPC接受ZEMAL成為同伴，就會獲得比現在更加全方位的機槍彈雨防禦，那簡直就跟刺蝟沒兩樣了。

當各小隊的對話告一段落，Pitohui便開口說：

「正如大家所見，城門全部打開，然後有瓦礫形成的障礙物。原本就設定沒有城門吧。如果有這種尺寸的堅固城門，根本不可能突破。以遊戲平衡度來說，不可能出現那種情形。」

連現在都這麼辛苦了，如果有城門的話確實不可能攻略，蓮心裡這麼想著。

「越過瓦礫後雖然可以進入，但一進去的地方被設置了炸藥。多虧剛才MMTM的眾人被漂亮地炸飛才能知道這件事。謝謝！你們貴重的生命沒有白費！」

MMTM的眾人都露出苦澀的表情，但是沒有說些什麼。

「但是，炸藥也不是無限而且可以連續爆炸的東西。爆炸之後立刻衝進去的話，應該可以侵入吧。另外，這些炸藥不是詭雷，而是敵人手動操縱來讓它爆炸。只要能錯開爆炸的時機，就有很高的機率可以攻入。」

咦？為什麼知道是手動的呢？

蓮雖然這麼想著，但是沒有實際開口發問。因為似乎會打擾到對話。

結果大衛就告訴了她答案。

「我想也是。完全沒有看見任何發動陷阱的鋼絲。然後是在最佳的時機把我們四個人炸飛。」

原來如此。

蓮完全可以接受這種說法。

「引爆炸彈的應該是在那之後發射槍榴彈的凱恩吧。北方城門是由他負責。」

「原來如此。」

「北側因為森林就在附近，所以容易接近。他們才會用地雷和槍榴彈來防守。除此之外的城門到800公尺處都沒有掩蔽物。所以——」

從東側進攻並且被擋下來的SHINC，其領隊老大接在Pitohui後面繼續說話。

「機槍和反器材步槍，再加上突擊步槍的四個人靈活地移動來防守。」

「正是如此。」

「真是他媽的麻煩。」

罵出髒話的是大衛……

「真的非常之棘手呢。」

一張粗獷臉龐以賢淑口氣這麼說道的是老大。

Pitohui則是……

「我一瞬間有這樣的想法。就是『這場遊戲，提案者的目的其實是要我們攻略這座城堡吧』。」

什麼意思？

蓮的內心雖然浮現問號，不過其他人其實也跟她一樣吧。他們全都保持沉默，等待著Pitohui繼續說下去。

「也就是說，小隊之間全力自相殘殺，結果在城堡毫髮無傷的情況下結束遊戲。那個性格惡劣的贊助商作家確實很可能有這種想法。當然，這也只是其中一種可能性。但你們不覺得這樣很讓人不甘心嗎？」

「嗯嗯。」

確實點了點頭的是大衛……

「那是當然了。」

挺起厚實胸膛的則是老大。

就連T—S原本保持沉默的艾爾賓……

「我不能接受那種結果！我想攻下那座城堡！就算攻不下來，至少也要踏入裡面一步！」

都從頭盔裡面開口這麼表示。

「對啊！我們上吧！」

休伊舉起拳頭——

喂喂，你們幾個到剛才都還想加入對方……！

讓蓮忍不住在內心這麼吐嘈。

嗯，有幹勁也不是什麼壞事啦，蓮繼續這麼想著。在出發去傳令之前Pitohui曾經對自己這麼說過。她說如果能把擁有龐大火力的ZEMAL變成同伴，那就會是相當可靠的助力。

「這樣的話！」

啪！

Pitohui戴著手套的雙手用力一拍，發出了相當大的聲響。

然後……

「社長！有個不錯的作戰，要不要試試看吶？」

以在紅燈區裡招攬醉漢的皮條客般的口吻這麼說道。

二十一點二十分。

聽完Pitohui作戰的眾人當中……

「好吧。我們加入。」

率先表示同意的是大衛。

「我們也是。」

接著是老大。

「沒有異議！」

然後是代表T—S的艾爾賓。

最後……

「我們就是為此而保留了彈藥喲！」

姑且算是ZEMAL隊長的休伊這麼表示。

蓮對於Pitohui聰明的腦袋與大衛等人迅速的決斷力感到佩服，同時也想詢問ZEMAL腦袋當中的「保留彈藥」是什麼意思。

「很好！那麼，我們就是一個群體！就算只有今天也是一個群體！讓新型NPC的開發者和那個惡劣的作家見識到，Squad Jam的參加者其實感情不是太差！同時也要讓他們見識我們不怕死的覺悟！」

Pitohui開始火力全開的演說。

那會很長嗎？

蓮開始擔心了。

「最後只再交代一件重要的事！」

看來不是那麼長。

「不要把那些傢伙，也就是最強的敵人NPC當成AI！把他們當成是人類！雖然跟人類一樣優秀，但也跟人類一樣會出現空隙！絕對不是無法獲勝的對手！」

這時再也無法忍耐的蓮回過頭去。

然後就看見了。

戰士們燃燒著鬥志的眼睛。

＊　＊　＊

蓮的手錶顯示著二十一點三十八分。

夜色分明變濃了，看得見的天空卻依然是淡灰色。現在仍是白天。感覺都快要有時差了。

「這邊準備好了。」

蓮小聲地這麼說，耳朵裡則聽見Pitohui的回答。

「這邊也準備好了。那麼，雖然比預定快了兩分鐘，還是開始作戰吧。大家沒問題吧？應該可以吧。那麼——就上場吧！」

蓮再次以手指確認P90的保險是不是已經打開了。

Pitohui的作戰開始了。

要問說從城堡南側開始的作戰是什麼樣的內容嘛——

要比喻的話，「蜈蚣競走」應該是最相近的吧。就是運動會當中舉行的，參加者直向連結成一列後競速的項目。

幾隻蜈蚣從土壤上方快步朝著城堡前進。

只不過和運動會不同，所有參加者都帶著槍，是為了殺死前方的敵人而前進。

然後和運動會不同，最前方的那個人——

是全身包裹在防具之下的科幻士兵。他們各自用雙手拿著大盾牌。

六隻蜈蚣各自隔了20公尺左右的距離，只是筆直、專心地快步往城堡邁進。

而距離終點不到８００公尺的瞬間，城堡的某一點就連續出現閃爍的光點。

由ＰＫＰ機槍發射出來的大量子彈，在依然相當準確的情況下飛了過來。

然後全部被盾牌或者護具彈飛到空中。

「不要緊吧？」

彈飛子彈的艾爾賓對身後的「伙伴們」這麼問道……

「不要緊。你們的護具果然名不虛傳。」

結果就得到大衛這樣的回答。

所有人的耳朵都聽見ＳＨＩＮＣ裡視力很好的安娜所發出的尖銳聲音。

「快趴下！」

所有蜈蚣一起蹲了下來。簡直就像在舉行這樣的競賽一般。

這個時候，領頭的護具士兵就把高舉在頭上的盾牌緊貼著自己的身體。他身後的男人或者是女人則全力抱緊領頭者。

同時城內可以看見比剛才更大的槍口火焰，然後反器材步槍ＧＭ６Lynx的50口徑巨大子彈就飛了過來。

子彈就像被吸進去一樣命中身上標著００５的士兵所率領的蜈蚣……

嘎咚嗯！

先是發出甚至讓人覺得比槍聲更吵的強烈金屬聲，然後盾牌表面就爆出火花。子彈無法貫穿斜舉的盾牌，被彈向空中並且消失。

雖然支撐盾牌的005也受到不少的壓力，但是後面的巨大身軀……

「唔！」

老大龐大的身軀幫忙撐了下來。

Pitohui所想的作戰必須由參加聯合小隊的所有人同心協力才能夠成立——

其中T—S更是需要做出必死的覺悟。

在SJ3裡奮戰的艾爾賓，成功證明了他們穿戴的護具所具備的防禦力。因為當時就把M所發射的7.62毫米彈全部彈開了去。

讓這樣的六個人拿著一面M擁有的盾牌，也就是宇宙戰艦的外牆板這種量輕又堅固的盾牌，然後在一群人前方擔任名符其實，而且能夠行走的「擋箭牌」。

然後其他的參加者則盡可能緊貼在他們後面，像蜈蚣競走那樣展開進擊。

說起來是相當單純，但要「接近」沒有遮蔽物和掩蔽物的這段距離，這已經是最具備效果的辦法了。

「中央的塔！上面數來第四面窗！」

安娜和冬馬兩個人跟在眾蜈蚣後面１００公尺的地方。

冬馬當然是趴著架起必殺的反坦克步槍——

聽著透過雙筒望遠鏡瞪著城堡的安娜所做的指示……

「хорошо！」

回答「了解了」之意的發言後，瞄準鏡就瞄準ＧＭ６Lynx的槍口發出火光的位置，在著彈預測圓首次縮成最小的時機下開火。

衝擊波搖晃大地並且揚起盛大的土塵，巨大子彈往前飛，巨大空彈殼則是往下飛出。

９００公尺對於隊伍裡最優秀的狙擊手冬馬以及這把槍械來說，都不是能確實擊中目標的距離。

發射出去的子彈擊中塔尖的側壁後豪邁地貫穿石頭。

冬馬迅速再次裝填子彈並再次瞄準窗戶射擊。對於敵人來說可以看見大量獵物的這次突擊，要是讓敵方狙擊手ＲｏｃＫ一直上場的話會很困擾。

這次子彈就陷入窗戶當中了。

由於在同一個地點發射了２發子彈，冬馬就做好接下來的射擊將以自己為目標的心理準備並且再次裝填——

但GM6Lynx的下一發子彈並沒有出現。

不清楚是幹掉他了，還是破壞了槍械。

其中一隻蜈蚣裡，貼在M巨大身軀後面的Pitohui下達了命令。通訊道具已經連接了所有人。

「逐次前進！奇數！」

迅速站起身子的是標示奇數號碼的T－S成員以及跟在其後面的眾人。也就是所謂的奇數小隊。再次成為緊貼在一起的蜈蚣，開始一步一步緩緩往前進。

為了援護伙伴，待在偶數成員後面的機槍手們蹲著架起槍械，開始對城堡進行壓制射擊。

這支聯合小隊裡，共有五個人擁有800公尺為有效射程之內的口徑7毫米級機槍。他們各自被配置在不同的蜈蚣隊伍裡。

ZEMAL的休伊（001）、Sinohara（004）、TomTom（003）的三個人，以及SHINC的羅莎（005），還有MMTM裡使用「HK21」的傑克（002）。

M是在006後面，所以就以M14．EBR來代用。

至於隊列組合，機槍手則是排在從前面數來第三個的位置。由於第二個人必須提供T－S成員物理上的支援，另外越後面的人就必須貼得越緊，但被呈拋物線飛過來的子彈擊中的可能性也會增加。所以才會配置在第三個位置。

為了在那裡架起槍械，就必須把機槍靠在第二個人的肩膀上，或者讓他拿著兩腳架。

如此一來，槍口就會在T—S成員的頭部旁邊。屆時會有強烈的槍聲與發射火焰襲擊他們，如果沒有戴頭盔將會非常慘烈。

這種距離之下的機槍連射，子彈本來就會因為反動以及原本的低準確度而分散。沒辦法像狙擊槍那樣，精準地瞄準目標後才開槍射擊。

就算是這樣，作為朝向城堡的彈幕也已經足夠了。這些毫不間斷的子彈，只要能讓對方稍微害怕把頭伸出來，或者令其無法仔細地進行瞄準就算是有效果了。

傑克、Sinohara以及M不停連射，周圍籠罩在猛烈的槍聲當中，奇數小隊順利前進了50公尺左右。這段期間城堡都沒有開槍。

「那麼交換！」

Pitohui的號令之下，援護與前進的隊伍互相交換。奇數隊全部蹲下，隊上的機槍手開始射擊。

TomTom和休伊完全發揮背包型供彈系統的優點……

「嗚呀！」

「嘿呀啊啊！」

毫不容情的連射，讓彈雨降落到城堡上。其實不用大叫也能夠開槍射擊，但是他們ZEMAL就是會忍不住開口大叫。

面對如此猛烈的攻擊……

「嗚哇啊……」

包含艾爾賓在內的T—S成員都感到難以置信與佩服。

羅莎她……

「真想要。」

則是透露出這樣的心聲。

然後再次進行援護與前進的交換。

看著緩慢但是確實往城堡前進的幾隻蜈蚣……

「可以就這樣成功嗎……？」

老大這麼呢喃，聽到她說話的Pitohui……

「嗯，應該沒辦法吧。那些傢伙也不是笨蛋。」

「我想也是。」

把肩膀借給傑克架著HK21的大衛也贊同她的說法。

目前的攻勢可能出乎對方的意料，但是那些NPC的腦袋沒有愚蠢到讓他們就這樣接近。

應該會盡可能移動戰力到「敵人主力」進攻的方位，好加以「對應」。屆時將會處理由遠距離射擊無法打倒的對手吧。

因此——

「什麼時候開始對應就是問題了。」

蓮一動也不動地聽著Pitohui所說的話。

對應是從二十一點四十三分開始。

蜈蚣們開始進軍後經過五分鐘，沒有受到反擊，成功把距離縮短到剩下600公尺時——

頻繁更換位置，在距離城堡800公尺的位置待機的安娜與冬馬……

「動了！」

把雙筒望遠鏡貼在眼睛上的安娜最先注意到，城牆南側的地面冒出了煙來。

煙是在十幾個地方同時冒出，各自為紅、黃、綠等不同顏色的煙霧。

這些煙霧靜靜地混合在一起，最後變成跟天空一樣的深灰色，停留在沒有風的世界隱藏住城堡。

「城堡前出現大量煙霧彈。已經看不見城門了。」

聽見安娜的報告，蜈蚣們紛紛回傳「了解了」的聲音。

他們的眼睛也能清楚地看見了。城堡融入天空的顏色當中消失不見。簡直就像施了魔法一樣。

「果然來這招嗎？」

Pitohui笑著這麼說道。

那是在數分前——Pitohui將作戰傳達給眾人知道的途中所發生的事情。

「只不過呢，這個『蜈蚣競走』作戰順利進行，我們一點一點地縮短距離時，如果你是守城者，為了撐住剩下來的時間，首先會怎麼做呢？」

聽見Pitohui的問題……

「用煙幕吧。把所有的煙霧彈丟出去，就算只有一兩分鐘也沒關係，總之就是要奪走我們的視界。」

率先有所回應的是大衛。

默默聽著一連串作戰的不可次郎，似乎實在無法忍住不說出自己想到的事情，於是小聲地對蓮說：

「『咚隆隆煙幕嗎』！（註：煙霧與炎魔音相近，咚隆隆炎魔為永井豪的漫畫作品）」

「唔？」

「啊，妳不知道？對喔，那是很久以前的作品了……」

「嗯，保持安靜喔。」

老大像是很疑惑般對著大衛詢問：

「無法理解。我們雖然看不見，但對方也同樣無法視物吧。這樣不會讓我們更靠近城堡嗎？」

似乎也有相同疑問的T—S與ZEMAL成員全都看向大衛，等待著他的答案。

「沒錯。但是可以讓進攻者抱持疑念。像是『會不會有游擊隊趁著這陣煙霧從城門出來？隨便靠近的話，會不會從側面遭受攻擊？』。」

「噢，原來如此……」

老大和其他人發出了沉吟。

游擊是獨立於本體之外，隨機應變的行動。而游擊隊就是這樣的部隊。

如果有一兩個趁我們尚未注意到就從城裡出來潛伏在外面的士兵，只有前方具備防禦力的蜈蚣就會受到單方面的攻擊。就算沒有實際遭到射擊，也正如大衛所說的，必須經常警戒著側面才行。這樣就無法單方面持續往前方布下彈幕了。

「我們也有在對方布下彈幕的瞬間全員展開突擊，以優勢武器進行壓制的選項——」

大衛繼續說了下去。

「但是對方沒有派出游擊隊的話，反而會在城牆之前或者城門遭到猛射。雖然還有許多人殘留兩條命以上，但這樣要在時間內攻陷城堡就變得很困難了。」

「沒錯！這種陰險的戰術你馬上就能想到了呢！真是優秀！」

「到底是要誇我還是要損我，決定一下好嗎？然後，那個時候我們該怎麼辦？」

聽見大衛的問題，Pitohui就咧嘴露出奸笑……

「我現在就要說了。不過，我沒想到『沒出現煙幕時』該怎麼辦，還請大家多多見諒。」

「到底是怎麼回事？」

二十一點四十三分。

知道真的出現煙幕的Pitohui－就透過通訊道具下達了命令。

「小蓮，GO喲。」

二十一點四十三分。

一直躲在城堡北側森林裡，同時監視著北方城門動靜的蓮，聽見Pitohui的話後就站了起來。

她拿下綠色斑點模樣的迷彩斗篷，成為最容易活動，同時最適合自己的打扮，也就是全身粉紅色的戰鬥服。

接著……

「嘿呀！」

隨著喊叫聲跑了起來。

那是把P90保持在身體前方的全力突擊。穿越高大的樹木下方，立刻就離開森林，開始朝100公尺前方的城牆急奔。

從森林裡出來的不只有蓮而已。

SHINC與MMTM隱藏在數公尺旁邊的塔妮亞與健太也回應她的行動，站起身子跑了起來。他們兩個也是隊上腳程最快的成員。

當然蓮還是最快的飛毛腿。

瞬間加速到宛如汽車的速度後——

「噠！」

就什麼都不想，只是一直線朝著城門猛衝。

也不左右竄動或者加入假動作了。當然，從正面的話立刻就會被發現，所以還是稍微改變了角度，好讓城堡的人看不見。

毫不減慢速度就衝進剛才ＭＭＴＭ的眾人被炸死的現場後……

「嗟啊！」

蓮就跳了起來。

直接到現實世界去的話，蓮的腳程已經足以創下１００公尺短跑的世界紀錄。跳遠的話應該也能獲得金牌吧。

蓮整個人跳了起來。

起跳的位置是城牆外面。而目標的著地位置是城牆裡面。

蓮從空中越過堆積在北側城門當中的瓦礫山。拱型城門從頭上快速地往後流去。

如果起跳的強度和角度有些許失誤，跳得太低就會整個人猛烈撞上瓦礫山，太高就會撞上拱形城門而死亡吧。蓮將會因為「撞擊自殺」這種不常聽過的方式而失去一條性命。另外突擊的角度也很重要，太過正面的話會被擊中。但是太斜的話又會撞上城門側壁。

沒問題了！

蓮在無法修正路線的空中有了這樣的確信。粉紅色身體畫出的拋物線完美地鑽過城門。

接著右腳與左腳就碰到中庭的石頭地板，蓮隨即繼續奔跑。這個瞬間，她已經成為最深入敵陣的玩家，而且不停地更新紀錄。

背後發生了爆炸，爆炸形成的旋風從後面趕過蓮——

但這時蓮已經在爆炸的傷害效果範圍之外。爆炸的能量是往上發展，從旁邊穿越的蓮當然不會被碎片打中。

腳步絲毫沒有放慢。毫無保留地全力奔馳。被爆炸的風從後面一推，甚至還有一瞬間加速了。城堡本體以猛烈的龐大體積阻擋在蓮面前，體積逐漸變大之後，可以看見石頭地板通往成為入口的黑色洞穴……

有了！

發現一名男人正準備從該處伸出槍口。英俊的臉龐上露出驚訝與急躁的表情。

那傢伙就是凱恩，不會錯了。Ｆ９０附加槍榴彈發射器的大小兩個槍口朝向蓮——

太慢了！

在完全對準之前，蓮就從腿部開始滑壘動作。

凱恩發射的5.56毫米彈從蓮的頭上通過。

蓮用靴子的鞋跟與臀部在石板上滑行，與凱恩錯身之後進入城堡當中。進入城堡的瞬間，當蓮的視界一瞬間變暗的剎那……

「嗟！」

就隨著喊叫聲把P90朝著「大概」的方向，然後扣下扳機不放。

黑暗當中，從槍口迸發出的火光烙印在蓮眼睛裡，讓她看不見其他東西。一秒鐘15發的連續槍聲，以及發射出去的子彈不停擊中石牆的聲音，加上空彈殼「嚓哩嚓哩」落地的可愛聲音在城堡內部的通道響起——造成過去未曾聽過的喧囂。

從開始射擊到結束只有短短三秒多鐘。

蓮把50發子彈全部射光——不對，是撒光後，世界急遽回歸安靜。

城堡當中，頭上腳下仰躺在地面的蓮看往出口的方向。

呈現拱形的光芒，因為自己射擊所揚起的煙而顯得朦朧。緊接著，移動的人影擋住一半亮光——

不行嗎……？

輕輕搖晃的人影倒地之後發出了鈍重的聲音。外界的光芒再次回到蓮的眼睛裡。

倒地的凱恩身體上，「Dead」的標籤正閃爍著紅光。

蓮大大呼出一口氣……

「抱歉，不可。妳的男朋友候選人被我幹掉了。」

SECT.7 第七章　雅各

二十一點四十四分。

成功闖入城內，確認首次殺掉敵人ＮＰＣ的蓮……

「進來嘍！我打倒凱恩了！」

利用通訊道具向所有人報告這件事情後，在南側進行蜈蚣競走的眾人聽見後就一口氣沸騰了起來。

眾人感到興奮時，也接到塔妮亞與健太成功潛入城堡內入並且進入建築物的聯絡。

「很好！」

「幹得好！」

老大和大衛也發出歡喜的聲音。

Pitohui的作戰有點——不對，應該說相當亂來。

也就是「在南側進行顯眼且強硬的緩步靠近」與「敵人有所行動時就從北側闖入」的兩種作戰。

南側預測可以由Ｔ—Ｓ、盾牌以及眾人的團結與覺悟收到成效，但北側的城牆就只能靠蓮的速度與嬌小身軀了。

給予南側一定程度的壓力之後，敵人無論如何都得把防禦力集中到該處，為了對應己方的攻勢而有所行動。只不過不知道會是煙幕還是一起射擊就是了。

這個時候，敵人的注意將會完全集中在南側才對。尤其是持續布陣於尖塔上監視四面八方的機槍手與狙擊手一定會持續面向南方吧。

蓮他們就看準這個瞬間來展開突擊。

只有負責北側城門的凱恩絕對會待在那裡備戰，這時候就從森林往該處突擊。地雷？那種東西直接飛越過去就可以了。

這是成功率只有一半，甚至不到一半，只倚賴超越現實的飛毛腿與跳躍力的危險作戰。

當然，在傳達的時候……

「打頭陣的蓮要是失誤或者被幹掉了怎麼辦？」

大衛如此表示。Pitohui則是輕鬆地說：

「不能怎麼辦。後續的兩個人應該也會被擊中吧。」

「喂，等等。」

「不然還有什麼辦法嗎？」

「…………」

大衛沉默了下來。

「那麼，要開始『第二階段』嘍！」

聽見蓮這麼說後……

「盡情發揮吧。Good luck！」

Pitohui就如此回答，同時命令周圍的伙伴們。

「那我們也衝過去吧。」

「幹得好！那我先走了！」

「開路辛苦了！那就告辭啦！」

塔妮亞與健太兩個人留下蓮自行跑了起來。

前進的方向是城堡深處。兩個人朝著完全不清楚內部構造的微暗走廊前方跑去。兩人的背部瞬間變得渺小，接著或許是發現樓梯或者其他房間了吧，塔妮亞和健太的背部就往左右兩邊分開然後消失了。

如果順利闖入，作戰就進入第二階段。

要做的事情已經決定好了。就是所有人分開並大鬧一場。

這時候完全沒有想到由三個人或者兩個人組成小隊來戰鬥。比起那麼做，單獨到處瘋狂移動，想盡辦法擾亂在城內的敵人才是他們的目的。

這是因為判斷分屬不同隊伍的三個人不可能突然就合作無間——

還有為了保留萬一發現最終目標「毒氣彈頭」並成功奪取的話，就算是那支隊伍獲勝的競爭。

塔妮亞和健太開始往前跑的瞬間，通訊道具就切換成只和自己的小隊連線了。

蓮也輕觸了一下耳朵來切換連線……

「出發吧……」

聽見她這聲呢喃的不可次郎……

「加油啦～沒什麼時間嘍。」

從遠方傳來了聲援。

時間是二十一點四十六分。

南側的小隊也同樣知道沒什麼時間了……

「那麼，我們也衝吧。現在開始就自由發揮吧。」

Pitohui允許解除目前的隊列。

而這也是作戰之一。

剩下的距離大概是400公尺左右。

繼續靠近的話，T—S與盾牌的防禦力也會出現界限。另外對方射擊的準度也會提升，所以沒辦法再一起悠閒地前進了。

所以要展開突擊。

接下來要靠自己的腳力與運氣了。

不在那些煙霧散開之前盡可能接近城堡的話就會死亡。不對，就算接近了也可能會死亡，但盡可能接近之後，能貼在城牆上生存率就會提高。

如果待在這裡也是死，靠近也是死的話，那就只能靠近了。

T—S的六個人、SHINC的三個人、MMTM的五個人、ZEMAL的五個人，以及Pitohui和M。總共是二十一人。橫向散開之後直接開始突擊。

或許是查覺到氣息了吧，機槍的子彈就在幾乎還看不見的情況下從尖塔上撒下……

「嗚！」

只能說真的很倒楣，其中1發就貫穿了老大的左肩。讓她減少了兩成的HP。

「還沒完呢！」

看著老大邊打急救治療套件邊持續跑著的背部……

「那麼，大家加油嘍。」

Pitohui就以事不關己般的口氣這麼表示。這時候她就躲在高大且拿著兩片合併盾牌的M背後。

當南側的所有人開始跑起來時——

「嗚！」

ＭＭＴＭ的健太注意到視界邊緣的槍口。

城堡裡一間被岩石包圍的房間當中可以看見亮光。從吊在天花板的燈罩與電球上撒下微弱的橘色光芒。

被石牆、地板以及木頭天花板包圍，大概是10公尺四方左右，裡面空無一物的房間……

「可惡！」

健太看見房間角落站著一個男人，以手裡的突擊步槍對準這邊，也知道來不及做出任何反擊了。

認為踢開的門後面依然是走廊，所以確實把槍口朝向眼前就是唯一且確實的敗因。

眼鏡男冷澈的臉上沒有任何動靜，架在肩膀上的ＭＣＸ直接開火了。距離健太只有5公尺的距離。而且是邊靠近的射擊。當然不可能射偏。

加裝消音器的ＭＣＸ所發射出來的子彈，第1發貫穿了健太的右側腹，第2發命中了右手肘。Ｇ３６Ｋ從健太手上掉落。

第3發命中右胸……

「嘎！」

健太往後倒時左手就繞到腰部後方，抓住了「Ｍ２６」破片式手榴彈。

背部撞上堅固的地板並反彈起來的期間，就把手中手榴彈的安全栓移到嘴巴前面，咬住後強行拔開——

姆滋。

醫生的左手伸過來，從手榴彈上方確實地按住健太的手。即使安全栓被拔起，只要拉火沒有彈開手榴彈就不會起爆。

「可惡！你這傢伙！明明只是ＮＰＣ！」

健太把嘴裡的安全栓吐出來如此大叫，醫生則是以行動來回應他的喊叫。

咻咚。

ＭＣＸ晃了一下，子彈便射穿健太頭部，把他的ＨＰ完全歸零。

醫生從健太手中奪取手榴彈，從地板撿起安全栓。以熟悉的手勢把它插回原本的地方。

然後在空無一人的地點呢喃。

「不是這個傢伙嗎？」

健太死亡時，城門南側的廣大土地上也開始了激烈的戰鬥。

煙霧緩緩散開了。城堡慢慢地再次現出身影。

玩家們持續朝城堡奔馳時，就從城裡開始了猛烈的射擊。城牆上有四個地方出現閃爍的槍口火焰。另外尖塔上也有一處火光。

雖然不清楚是誰，但是使用突擊步槍的敵人開始從城牆上射擊。尖塔上則依然是由伏特加瘋狂地開火。

世界突然變得十分吵雜，響起了一陣由槍聲形成的擂鼓聲。

來自五把槍械的彈道預測線延伸過來，直接刺中大地的各處。然後下一個瞬間子彈就沿著預測線飛至——

啪滋！啪滋！啪滋！

有些子彈揚起土柱……

「咕哦嗚！」

也有的射穿某個跑過來的軀體。剛才左臂遭到貫穿的是ＺＥＭＡＬ的TomTom。但是……

「唔喔喔喔!」

他當然反擊了回去。

即使一邊奔跑,機槍也還是一邊發出怒吼,對著城牆送出子彈。城牆的各處被子彈擊中,石頭被刨開並碎片四散,而這也讓在附近的敵人趴下,一瞬間停止了射擊。

即使如此,從能夠迅速躲藏的城堡以及在寬廣處邊奔跑邊進行的射擊,當然還是前者占壓倒性的優勢。

就算能夠看見敵人的彈道預測線,子彈也不是迅速行動就一定能躲開的東西。實際上敵人的射擊準度相當高明,準確地對準了奔跑著的身體。

「咕嘎!」

喉嚨與頭部同時被PKP的子彈擊中……

「可惡!」

咒罵著死去的是留辮子頭的男人,MMTM的波魯特。

剛才被炸死過,所以這已經是第二次死亡。愛槍「ARX—160」仍未獲得任何開槍的機會。

「快點回來!」

雖然不可能聽見,但大衛還是如此對波魯特以及不久前才HP全損的健太大叫。這是一場遊戲。三分鐘後還會有機會。

這時候大衛也是拚命地跑著。

前進的方向出現數道紅色光線。一般的集中力無法躲開這些紅線同時往前奔跑。咻咻掠過耳邊的子彈聲音聽起來很恐怖。

他的ＳＴＭ—５５６加裝了槍榴彈發射器，當然已經做好裝填，只是沒有開火射擊。因為根本沒有那種時間，只能拚老命跑著避開這些紅線。

此時最為活躍的是……

「盡量開火吧！」

「了解！」

Ｔ—Ｓ的眾人。

他們因為沉重的護具而腳程極度緩慢，不論如何掙扎都不可能最快入侵城堡。

所以他們是用走的。邊走邊拿著自己的武器拚命扣扳機，然後換掉彈匣並再次猛力射擊，負責起援護整支隊伍的工作。

敵人的子彈當然也朝他們降下，每次都在護具上爆出盛大的火花。

健太死亡時，塔妮亞她……

「哎呀，找到樓梯了！」

在城堡裡找到了螺旋階梯。

直徑4公尺的巨大螺旋階梯絕對是通往尖塔。將石板埋設在曲線牆壁上所構成的石梯，以逆時針方向往上攀升。中央有直徑1．5公尺左右的洞穴。另外沒有任何的扶手。

尖塔的位置是位於城堡的東北、東南、西南與西北四個地方。

往正北方進入城堡，然後在黑暗當中這邊跑那邊跑——

在腦袋裡描繪著地圖的塔妮亞，估計這座塔是建造在東南方的那一座。

她在螺旋階梯前面一點的地方架起野牛衝鋒槍，然後透過通訊道具對伙伴們小聲地問道：

「我是塔妮亞，東南的塔有敵人嗎？」

安娜立刻回答她：

「有喔。上面是棘手的機槍。」

上方也隨著這個回答做出了回應。響起傳遍塔內的開火聲，接著就是大量暗沉的金色彈殼掉落下來。按照GGO的常規，這些在不久之後就會變成多邊形粒子並且消失。

塔妮亞做出了決斷。

「好，我來幹掉那個傢伙！『毒氣彈頭』就交給其他人吧！」

說完就衝入螺旋階梯開始爬了起來，結果第一階時就踩到掉落的空彈殼，整個人差點就要跌倒……

「哎呀。」

好不容易才恢復平衡。

然後開始往上爬。

「小蓮。聽說健太死掉嘍。」

聽見Pitohui透過大衛傳來的報告……

「了解。」

蓮便簡短地這麼回答。

如此一來在城裡的就只有塔妮亞和自己。突然遇見「某個人」時，對方是敵人的機率將會提高。

蓮目前待在微暗的走廊上。她把P90架在肩膀上，為了防備牆壁的跳彈而靜靜地走在走廊中央。

雖然速度是蓮的命脈，但在這裡奔跑的話腳步聲將會產生迴音，所以她才會一直躡手躡腳地移動。

城堡裡面安靜到外面的噪音像是作夢一樣。或許是除了天花板之外全部由石頭所構成的緣故吧，幾乎沒有任何聲響。是一個飄盪著冰冷空氣的詭異地方。

而且這裡是敵人的巢穴。

看到敵人就射擊看到敵人就射擊看到敵人就射擊。

把手指放在幾乎快要碰到扳機的地方……

「…………」

緊張的空氣當中，蓮安靜地在走廊上前進，最後發現一扇門。那是一扇雙開式，看起來十分復古的木門。

木門存在些許縫隙，淡淡亮光呈線條狀透露出來。門上看不到門閂與鑰匙孔。抬腳一踢應該就能踢開吧。

只不過，門後面有什麼東西還是人就不清楚了。或許被設置了鋼絲和手榴彈所構成的詭雷。也有可能敵人ＮＰＣ正把槍口朝向這邊等待著自己進入。

蓮看了一下手錶，時間是二十一點四十七分。現在變成四十八分了。

嗯，沒時間了。

蓮靠近木門，將它一腳踹開。

有了！

塔妮亞在心中這麼大叫。

從地面往上爬了數秒鐘。飛毛腿朝上方衝了20公尺左右，穿越中央的洞穴後就看見數公尺上方一名高大男性的背部。

從使用的槍械就能知道對方是使用ＰＫＰ機槍的伏特加。這名至今為止請我方吃了不少苦頭的貴客。好，看我幹掉他。

他現在正拿著架在肩膀上的ＰＫＰ機槍朝著窗外瘋狂射擊。塔裡的射擊聲產生反射，形成轟汪轟汪的長長尾音。空彈殼從中央的洞穴掉下來。

由於是在對方身後，所以看得很清楚。背上的背包不停供彈給全部黑色的槍械，看來是連結了ＺＥＭＡＬ導入的那個方便系統。因此才能毫不間斷地射擊。

而伏特加尚未注意到偷偷從樓下靠近的塔妮亞。以巨大的螺旋階梯來說，距離大概是三圈。塔妮亞邊往上看邊以野牛衝鋒槍瞄準對方……

還沒呢！

在只能看見背部的狀態，以威力較弱的野牛衝鋒槍射擊也無法確實打倒對方。至少得再往上爬一圈才行。

塔妮亞沒有放慢腳步直接跑上螺旋階梯，通過止在射擊的敵人下方，再次來到能看見他的位置，也就是另一側的時候……

「嗚咿！」

才發現像熊一樣的男人已經轉過頭來，把巨大的臉和槍口朝向這邊。不知道是早就發覺而設下陷阱，還是剛剛才發現。不論是哪一種，他的戰鬥能力都相當恐怖。

眼睛和把機槍舉在腰部朝向下方的男人對上……

「嗨！」

塔妮亞立刻隨著打招呼的聲音扣下扳機……

「…………」

伏特加則是不發一言就開火。

兩人在短短幾公尺的距離下同時開火，塔內傳出豪邁的槍聲。塔妮亞的野牛衝鋒槍裝了消音器，以至於這時幾乎聽不見她的槍聲。

承受一秒鐘10發的連射後，塔妮亞的身體就因為著彈特效而染成鮮紅色，簡直就像是被人從頭淋下紅漆的人偶。

塔妮亞的野牛衝鋒槍在她身上亮起「Dead」標籤的瞬間，以及屍體無力掉下洞穴的期間也都不停地發射子彈。

塔內回歸安靜……

咚滋！

一具屍體跌落石頭地面的聲音傳了上來。

伏特加拿起PKP並轉過身子，為了再次往外面射擊而瞄準——

但是沒有開火。應該說就算扣下扳機也沒有發射子彈。

塔妮亞臨死之前發射的數發9毫米手槍子彈陷入連結機槍右側的軌道，中止了子彈的供給。安裝在槍上的巨大瞄準鏡，物鏡的部分也被子彈命中而出現白色裂痕。

伏特加坐到螺旋階梯上……

「…………」

默默地揮動左手。按下空中只有他能看見的按鍵後，他的身體便往後倒，再也不動了。

「Dead」標籤在他身體上亮起。

從窗外也能看見一點他身上的標籤……

「敵人機槍手似乎和塔妮亞同歸於盡了！」

聽見安娜的報告……

「嗚喔喔！」「幹得好！」「太棒啦！」

SHINC的成員都發出吼叫。

最棘手的機槍手消失，敵人從南側撒落的子彈數量便大量減少。僅剩下使用突擊步槍從城牆上射擊的四個人。

Pitohui她……

「很好。」

在M身後走著，咧嘴露出奸笑。

M手上拿的盾牌，從剛才就不斷被應該是來自於哈珊的7.62毫米彈擊中。

M不停改變雙手上盾牌的位置把它們全擋了下來。只能說真不愧是狙擊槍。由於瞄得相當準，所以彈道預測線也很安定，很容易就知道子彈要飛到什麼地方。

「不可小妞，準備好了嗎？還醒著吧？」

「終於嗎，我早就等不及了。快睡著了啦。」

Pitohui和不可次郎透過通訊道具進行對話……

「啊哈哈。那就不用客氣，大鬧一場吧。目標是南側城牆。我會做出指示。」

「好喲！」

從城堡西北方的巨木森林當中……

「終於輪到我出場啦。」

不可次郎突然冒了出來。她的雙肩上提著ＭＧＬ—１４０，6連發榴彈發射器。

她已經到了蓮他們開始突擊的地點往西相當多的位置。

接著不可次郎就把背靠在森林邊緣離城堡最近的樹木上，然後一屁股坐了下去。

南側發生騷動後，現在應該沒有能夠狙擊不可次郎的敵人才對。如果有的話她就死定了。

不可次郎舉起右側的MG—140，也就是右太並把左手靠上去……

「大概是這樣吧。」

然後微調其角度與瞄準。

「去吧。」

啵。

然後只發射1發槍榴彈。

直徑40毫米的槍榴彈畫出拋物線後往城堡飛去，先越過西北側的城牆，然後稍微越過南側的城牆，在其外側的土壤上爆炸了。

「真可惜。再往前30公尺。」

攤開兩片盾牌，再把蹲在後面的M當成護盾的Pitohui負起砲擊觀測手的工作。她的手上拿著M的M14・EBR。眼睛就是貼在它的瞄準鏡上。

與城堡的距離是300公尺左右。「伙伴們」現在也在前面躲著彈道預測線朝城堡迫近。

城牆上有四名使用突擊步槍的敵人，他們不停變換位置拚命開火，讓「伙伴們」感到頭痛不已。

除了剛才死亡的波魯特之外，ＺＥＭＡＬ的彼得也倒下了。還有包含ＳＨＩＮＣ的老大在內的複數成員雖然沒有死亡，但是身上已經閃爍著著彈特效。

「好，了解了。2發要去嘍。」

不可次郎如此回答。

她偷偷躲在北方森林邊緣，等時機成熟再到可以瞄準目標的地點，以槍榴彈攻擊城堡。

當然這也是Pitohui的策略之一。

不可次郎能夠砲擊４００公尺前方的火力相當重要，所以不能讓她參加突擊而遭遇意外。

於是分配給她單純但是重要的工作，也就是徹底在後方進行支援。

因此在活躍的機會到來之前絕對不能被擊中。當待在尖塔上監視的狙擊手和機槍手還活著，她就無法從森林裡露出臉來。

一直獨自在森林裡等待的期間，不可次郎她……

「感覺好像被什麼人看著耶。難道是有幽靈嗎？」

嘴裡這麼呢喃著，不過現在終於可以出場了。

發出「啵啵」兩聲富節奏感的聲音後發射出去的槍榴彈，1發在城牆內側的高處炸裂。另

1發準確地命中纖細的城牆正上方，把該處的石頭炸得粉碎。

只不過，那個時候敵人沒有待在附近。

「雖然沒有打倒敵人，不過沒關係。剩下的全部發射吧。」

在Pitohui的指示之下，不可次郎就把右太剩餘的3發和裝填在左子的6發，共9發槍榴彈……

「呀哈～！」

毫不客氣地全部發射出去。

9發槍榴彈連續命中城牆的模樣伴隨著巨大聲響與黑煙……

「嗚喔喔喔！」「好厲害！」「很有一套嘛！」「放煙火嘍！」

讓伙伴們發出歡喜的聲音。

然後這個瞬間，敵人的攻擊倏然停止。在城牆上猛烈開火的敵人NPC，再也沒有露出臉來。

由於看不見「Dead」標籤，所以敵人很可能躲在城牆塔中走下階梯然後回到城裡去了。捨棄可能會遭到砲擊的城牆，將防衛線撤回城堡當中。

Pitohui以瞄準鏡確認到這種情況後……

「很好很好。不可小妞，妳幹得很好喲！重新裝填然後待機。」

「是是是。還有事情的話隨時叫我吧。」

Pitohui對著眼前的同伴們大叫：

「各位，城牆上的敵人躲起來了！」

「太好了，突擊——！」

ZEMAL以及其他小隊的成員，全都配合著休伊的叫聲朝著城門跑過去。已經不需要像剛才那樣躲避彈道預測線了。

這就是最初且最後的機會。

不趁這個時機緊貼在城牆上的話，就不可能闖入城堡當中了吧。

這個時候是二十一點五十分。

剩下十分鐘。

當所有人開始突擊時——

沒有，什麼都沒有……

蓮正在城裡和看不見的敵人戰鬥。

拚死踢開門衝進去的該處，是天花板特別高的巨大正方形空間。長與寬各自是30公尺左右吧。由於有光線從天花板的採光窗射下來，所以還算明亮，可以清楚看見房間內部。
以大小來說，這裡絕對是城堡本體的中央大廳——
但是為什麼會像這樣空無一物……？也沒有半個人呢……？
蓮內心不斷浮現出問號。
石頭地板上沒有桌椅，甚至沒有任何「毒氣彈頭」之類的麥高芬要素。原本還想「太棒了我最先抵達終點！」，結果完全不是這樣。
由於是歐風建築物，原本還以為中央會有祭壇之類的構造物，但單純是像倉庫般空無一物的地方。
當然這裡是遊戲裡的戰場，所以把它當成是為了戰鬥而準備的場所就可以了——
但是以GGO來說，這實在很奇怪。
蓮心裡這麼想著。GGO就連廢屋的暖爐上都會裝飾著全家福照片，在這種無謂的小地方都如此講究了，如此空無一物的空間可以說相當罕見。
而且還沒有任何人，也沒有可以躲藏的地方。
包含自己進入的門在內總共有四扇門，還殘留著從其他門闖進來的可能性就是了。
蓮迅速移動到房間角落，在那裡坐下來縮成一團。同時看著四扇門，然後向Pitohui報告。
「Pito小姐，我正在城堡中央寬廣的地方。但這裡沒有任何東西也沒有敵人。」

「了解。真是奇怪了。」

「就是說啊。難道有地下室？沒看到像入口的地方……」

「…………」

Pitohui安靜了幾秒鐘。接著……

「那這麼辦吧。無視『毒氣彈頭』。」

「然後呢？」

「作戰變更為殺掉所有敵人。由打倒最後一人的小隊獲勝。盡情地大鬧一番吧。」

當蓮想著「也只能這樣了嗎」的瞬間，三扇門同時打開了。

Pitohui、M以及不可次郎只能夠從說話聲與聲響來想像蓮發生了什麼事情。

「哇！被敵——嘎哈！」

噠嗯。

由於傳來些許槍聲，所以可以知道她被擊中了。實際上，蓮的ＨＰ條確實迅速減少，只剩下六成左右。完全沒聽見蓮以Ｐ９０射擊的聲音。

「嘎哇！咕嘀哇！咚呼咿嗚！」

連續傳來三聲蓮相當奇特的悲鳴。還是沒有聽見槍聲。

到了最後……

「唔嘰！被抓——嘎姆咕！咕唔——」

混雜著好不容易能傳達出狀況的字句，之後就突然安靜了下來。通訊道具被切斷連線了。

三個人就藉由視界左端蓮的ＨＰ再也沒有變動得知她遇見了什麼狀況。

這時不可次郎……

「喂喂，蓮被抓住了耶！」

Ｍ……

「被抓住了……」

然後Pitohui則是……

「哎呀，變成俘虜了嗎～」

感到驚訝的是突擊中的「伙伴們」。

首先是大衛……

「被抓住了？啥？」

發出了大吃一驚的聲音。接著是老大……

「那是怎麼回事！不可能啊！」

果然也感到驚訝，同時邊跑邊這麼大叫。

「NPC會抓俘虜嗎？不會是弄錯了吧？」

也難怪大衛會有這樣的懷疑，說起來GGO本身就很少出現「抓俘虜」的情形。

因為根本沒有這種必要。直接幹掉對方省事多了。

然後現在由電腦AI操縱的NPC竟然抓住玩家當成俘虜。

「因為是遊戲測試，所以想嘗試各種新的東西吧？丟掉那些老舊的常識好嗎～！」

Pitohui輕鬆地這麼表示，聽見後大衛也沒有多說什麼。他決定先和伙伴一起衝到城牆旁邊並且貼在上面。於是便手拿著槍械持續奔跑。

「但是小蓮告訴我們貴重的情報了。回到城堡裡面的敵人總共有四名。那也就是說？」

「可以確定他們全部捨棄城牆，以城堡為防衛陣線了。」

老大這麼回答。

「答對了～」

「鑽過城門之後，我們就要自行闖關了。」

「請自便。應該說，現在所有人都可以自由行動了。Good luck！」

目前為止雖然受傷，但還是存活下來的共有十九人。最前頭的成員已經逼進到距離城堡100公尺了。

接下來的預定是貼在城門上，然後一起闖入城內。要使用南方或東西方的城門則各隊自行決定，但考慮到時間的話當然是南門吧。

時間是二十一點五十二分。

距離遊戲結束剩下八分鐘。

「哎呀，被當成俘虜了嗎～」

當Pitohui在討論蓮的事情時……

「唔咕咕！」

蓮無法相信自己所置身的狀況。

同時打開三個門一口氣闖進來的敵人，趁著蓮猶豫著該攻擊誰的一瞬間對她發射了1發子彈。右手漂亮地被貫穿，P90就從手上掉落了。HP隨即減少了四成。

還來不及撿起武器，就被粗壯的手抓住，真的是很輕鬆地被抬起並且壓制。P90與小刀當然被拿走了。

不清楚是否把共有四名敵人的情報傳達給伙伴知道了。

壓制蓮的是黑人羅伊。立刻就有尼龍製帶子製成的手銬纏住蓮的手腕，然後把她的手綁在身後。對方接著又觸碰蓮的耳朵旁邊，切斷了通訊道具。

然後還用布塞住了她的嘴巴。這一連串的動作只花了數秒鐘。動作可以說是十分流暢。

「唔咕咕咕。」

已經說不出任何話了。

蓮的ＧＧＯ人生首次有了被ＮＰＣ綑綁的經驗。至今為止在ＧＧＯ裡所見過的ＮＰＣ，全都是在店裡露出和藹笑容來販賣槍械的大哥哥或大姊姊。

在手被綁到後面，以能清楚看見臉的姿勢坐在地板上的狀態下，蓮開始探查眼前的男人是哪些人。

四名敵人ＮＰＣ當中，除了羅伊之外還有滿臉鬍鬚頭上還纏著繃帶的雅各，戴眼鏡的醫生，以及眼神銳利的ＲｏｃＫ。

ＲｏｃＫ應該是使用反器材步槍的狙擊手才對，但現在卻和雅各與羅伊一樣，拿著Ｍ４Ａ１突擊步槍。

ＧＭ６Lynx被狙擊給破壞掉了嗎，還是沒子彈了呢？不論如何，這對我方都是利多。蓮可沒忘記一開始的仇。

自己幹掉凱恩，剛才聽見塔妮亞和伏特加同歸於盡的報告。如此一來，就只有名為哈珊的離婚協議男還待在別的地方。

可以確定他一定是在監視南門吧。現在那裡已經是防禦薄弱，而東西與北門則更加薄弱。

蓮雖然想把這些情報傳達給伙伴知道，但是卻沒有辦法。

也不知道接下來自己會怎麼樣。因為這還是她首次變成俘虜。ＧＧＯ的導覽裡面也沒教過成為俘虜時應該怎麼辦。

然後下一個瞬間──

「這傢伙搞什麼……」

ＮＰＣ開口說話了。

「唔嘎？」

蓮瞪大了眼睛。當然她也知道ＮＰＣ會說話。店裡的大哥哥大姊姊總是為了讓自己多買點東西而說很多話。

但是從來沒想過會像剛才的雅各那樣，瞪大眼睛張開嘴巴露出雪白牙齒，表現出真心感到驚訝的模樣。

「不知道。」

羅伊開口回答。他也露出極像人類的表情，這讓蓮對於ＮＰＣ的進化感到瞠目結舌。真不愧是新型。完成度實在太高了。

她同時也注意到，他們嘴巴的動作與聽見的字句在時間上有點誤差。

嘴巴動了之後，過了極短暫的時間才會聽見聲音。大概是零點幾秒的時間延遲。而且怎麼看嘴巴的動作與說話的內容都湊不起來。

原來如此，翻譯嗎？

蓮了解是怎麼回事了。GGO是美國的遊戲，這種新型NPC也只準備了說英文的動作。

也就是說，他們開口說「Hello!」的話，嘴巴也會像那樣動著，但說出來的內容就會經過轉換，蓮聽起來就會是「你好！」或者是「午安！」。

完成度真的是太高了。

蓮暫時無視自己所處身的狀況，對於遊戲的進化感到佩服。

至於這些NPC，雖然不清楚他們看見以全身粉紅打扮來戰鬥的小不點蓮時會有什麼想法，不過他們似乎想起更重要的任務了。

「情報收集就交給你了。我們去防守南方的城門。」

開口這麼說的是RocK。那種認真的表情簡直跟真人一樣。

根本沒什麼有用的情報喲。而且這裡根本沒有東西嘛，確保此地安全真的有意義嗎？

留下在心裡如此吐嘈著NPC發言的蓮，三個人就拿著槍轉過身子從大門走了回去。

在回去之前，羅伊回過頭……

「傑克！再七分多鐘直升機就要來了！加油啊！」

留下了這句話。傑克應該是雅各的暱稱吧。

蓮雖然看不見手錶，但也因此而知道現在的時間。應該是二十一點五十二分數十秒吧。

羅伊所說的「直升機會來」，就是遊戲會在那個時間結束，也就等於是蓮等人的失敗。

因為是相當講究演出的ＧＧＯ，所以到了二十二點的瞬間，空中可能會有大量直升機飛過來，然後單方面用機關槍或者飛彈攻擊參加的玩家，開始一段把參加者轟飛並殺害的演出吧。

「唔嘎吼嘎！」

原本是打算大叫「別想如意！」，但根本聽不出她在叫什麼。

相對地……

「…………」

很清楚地知道滿臉鬍鬚的雅各正低頭看著自己。

和他之間的距離大概是５公尺。他手上的武器是Ｍ４Ａ１突擊步槍。是那種加裝了紅外線瞄準器或者雷射瞄準器等一人堆裝飾品的版本。然後槍口正緊瞪著自己。

對了！

蓮有了主意。

還有自己能夠活躍的方法。這裡是ＧＧＯ。這是遊戲。然後蓮還有兩條命。

這樣的話！

沒有時間了。蓮做出了決定。

用盡身體的彈力，從手被綁在後面且坐著的情況下站起身子。當她一站到敵兵身前……

來，快開槍！

「咔嘎嗚咿！」

便狠狠地瞪著對方並扯開喉嚨大叫，但聲音果然不是太大。

然後雅各就像電影裡的壞蛋一樣，心狠手辣地揚手射殺蓮這個露出對抗心的俘虜——原本以為會是這樣……

咦？

結果對方沒有這麼做。

「…………」

雅各露出異常嚴厲的眼神，把M4A1架在肩膀上，不過沒有開槍射擊。

「坐下！」

他做出了銳利的命令。英文的話絕對是大叫著「Sit down!」吧。

喂喂，等一下！這樣我很困擾！

這也是GGO人生首次打從內心希望對方開槍射擊自己。然後也希望是最後一次。

這樣的話！

對於不聽自己請求的白痴NPC，就只有使用強硬的手段了。

蓮對著槍口跑去。嬌小的身體勇敢地撞向對方。

當然她完全沒想過要撞倒高大的雅各。只要讓他的槍發射1發子彈就可以了。

結果……

「啊！」

雅各像是完全沒想到她會這麼做般嚇了一大跳，立刻迅速移動身體，像鬥牛士一樣躲開蓮的突擊。

「唔咕？」

蓮就這樣往前衝了數公尺才停下來，轉過身子……

「唔唔唔唔嗚唔嗚嗚咕！唔咕咕！」

你搞什麼！快開槍啊！

雖然不可能聽得懂但蓮還是放聲大叫。看來這名ＮＰＣ是打定主意不準備開槍了。

這傢伙是怎麼回事！為什麼不開槍！

蓮的腦袋裡面閃過幾種可能性。

是想要俘虜的情報，所以做出不下殺手的判斷嗎？

還是說那把槍故障了其實根本無法發射子彈。

對方再怎麼聰明也不過是ＮＰＣ，所以無法立刻做出判斷嗎？

啊——不對，不是這樣！全都錯了！

蓮發現事實的真相了。

這個ＮＰＣ知道我的意圖！

當得到這個結論的瞬間，蓮就想要稱讚創造出這個ＮＰＣ的工程師。也對自己剛才擅自認為他是笨蛋ＮＰＣ而想向雅各道歉。

然後同時也湧起不想輸給這種傢伙的心情，一瞬間就決定接下來該怎麼做。

「咩嘎啊！」

蓮朝著雅各跑了起來。以手被綁在身後的狀態下所能發揮的最高速度。

雅各雖然再次靈巧地躲開了去，但是這次蓮沒有停下腳步了。

她繼續跑著。

以最快速度朝雅各對面，房間角落的石牆衝去。

「咕嘎啊啊！」

嘿呀啊啊！

然後頭就猛烈撞上該處。

SECT.8

第八章　戰鬥的理由是

本日第二次被移動到待機地點的蓮……

「太好啦——！」

首先對於自己「成功死亡」表達感謝之意。在空無一人的黑暗空間裡，她忍不住高舉起雙手發出吼叫。

對方不殺的話就自殺——而且只靠腳力。不愧是專心一志鍛鍊出來的速度。雖然是初次挑戰，但還是漂亮地成功了。

當然自己撞牆的恐懼心和衝進槍林彈雨時的恐懼心又不一樣，但是她並沒有因此而嚇得停下腳步。

利用死而復生來脫離危機，沒有比這個更像遊戲會發生的事情了。

「啊，幸好是遊戲。現實世界絕對不可能做出這種事嘛。」

事到如今，蓮竟然還在無人的空間裡呢喃著這眾所皆知的事實。

她的腳底下……

「喔喔，你們也平安無事嗎？太好了。」

被奪走的小P與小刀刀都平安回來了。

目前那座城堡裡面，雅各是不是有著蓮在形式上殘留三分鐘的屍體，驚訝地瞪大了眼睛呢？還是突然就失去興趣，前去加入伙伴們防守南側的城牆了呢？

「嗯……隨便啦。」

蓮完全無法理解NPC的想法。它們是由人類製造出來，以跟人類不同的思考方式做出看起來像是人類的行動。而且說不定比人類還要聰明。

跟NPC的想法比起來，還是想趕快把敵人NPC異常聰明，南門的守備增強了等事情告知現在應該還在努力的Pitohui等人，但是從這個黑暗的空間無法與他們通訊。

蓮一看手錶，發現已經過了二十一點五十四分。

眼前復活的時間仍在持續倒數。秒數150、149、148這樣慢慢減少。

嗚……好久啊！

蓮咬緊牙根。

自己回到戰場的時間是二十一點五十七分。之後只剩下三分鐘的遊戲時間。

問題是會從哪裡復活呢？復活線的圓到底有多大呢？

不可次郎應該待在城堡西北方邊緣負責砲擊的任務，能從那邊附近復活的話就太棒了。如此一來就能再次由北方城門闖入，然後從守衛南側的敵人後面發動攻擊。

只不過，如果有任何一名玩家待在比不可次郎更遠的地方，可能就得花時間從該處回到城裡。SHINC的安娜和冬馬負責支援狙擊，所以可能會待在離城牆數百公尺遠的地方。

嗚……

蓮什麼都不能做……

145、144、143、142──

只能瞪著逐漸減少的秒數。

「小蓮，有一套喔～」

知道一名同伴HP歸零的Pitohui，帶著刺青的臉上露出了笑容。Pitohui在這種時候的笑容，都是非常直率與爽朗。

走在她前面當防禦牆的M……

「自殺了嗎？了不起。」

了解怎麼回事後便這麼表示。

「呵，那傢伙是能幹的女人喲……」

不可次郎從森林旁邊傳來這樣的發言。可以想像她正露出驕傲的表情。

Pitohui、M以及MMTM、ZEMAL、T─S與SHINC等人，也就是除了安娜與冬馬之外的存活成員都迫近到城牆旁邊了。

原本如此遙遠的南側城門，現在能看得很清楚。另外也能看見大洞穴中堆積起來的，高度約2公尺的瓦礫。

之後該如何攻略這道「窄門」就是目前南側眾玩家的課題了。

剩餘時間大概是六分鐘。是要將城堡裡面應該還有五個人的敵人NPC全滅，還是要尋找不知道在哪裡的「毒氣彈頭」呢？

不論選擇哪一種，都不能繼續在城牆邊拖拖拉拉了。

但是在這之前，Pitohui還是沒有忘記相當重要的事情。復活地點是距離城堡最遠的存活玩家所在地。

「伊娃。讓後援的兩個人盡可能往前推進。我想讓小蓮在近一點的地方復活。」

如此告知通訊道具依然沒有切斷連線的老大……

「知道了。」

老大也答應了她的請求。

接著就迅速對安娜和冬馬兩個人做出前進的指示。

這時候也很乾脆地做出可以放下反坦克步槍的本體這樣的判斷。聽見命令的兩個人，只把彈藥收進倉庫欄，然後就各自揹起德拉古諾夫狙擊槍跑了起來。

率先抵達南方城門的是……

「很好！」

包含大衛在內的四名ＭＭＴＭ成員。

他們之前在北側城門有了很悲慘的遭遇，所以絕對不會掉以輕心。

面向門的右側站著大衛與勒克斯，另一邊則站著薩門與傑克，在城門前面一點的地方暫時停下腳步。

「薩門，鏡子！」

「好喲。」

高大的薩門從倉庫欄裡取出的道具，是在可以伸縮的金屬棒前端安裝了單行本大小的鏡子。

他把背靠在城牆上讓身體保持穩定，然後緩緩地把鏡子伸向南門的高處。雖然試圖藉此從高２公尺的瓦礫山上窺看城堡內部，但是——

啪咻嗯、啪鏗。

唯一１發飛過來的子彈把鏡子打成碎片。

「嘖！」

也難怪大衛會咂舌。敵人高度的檢測能力、射擊能力所造成的威脅實在太大了。從沉重且具威力的子彈來看，應該是躲在城裡的哈珊以ＳＣＡＲ—Ｈ完成的狙擊。城牆到達城堡本體大約有１００公尺左右，在這樣的距離之下，應該能進行準確的狙擊吧。如果伸出去的不是鏡子而是臉的話，應該就會因為眼睛被擊中而死亡了吧。

「別站在門前！會死喔！」

雖然不是伙伴，但大衛還是揮動手臂對持續來到城牆邊的Ｔ—Ｓ與ＺＥＭＡＬ等人作出指示。他們便急忙分別站向左右兩邊。Pitohui與Ｍ因為一開始就不會犯下這種錯誤，所以不用特別擔心。

「由我們上吧！」

這麼說著並且靠近的是包含００２號艾爾賓在內的Ｔ—Ｓ眾成員。這時候大衛……

「拜託了！」

毫不猶豫就借助了其他小隊的力量。

他們的話，就算被7.62毫米彈擊中也不會立刻死亡。應該可以站到這堆瓦礫上或者越過它來朝著城堡開火。

然後只要能讓敵人稍微低下頭，應該就能一口氣突破此處了。

或者是——

把身體藏在瓦礫山後，看著匍匐前進來到城門前面的T—S……

「…………」

大衛默默地對站在另一側的薩門他們做出手勢。他張開一次左手，然後用四根指頭指著城堡。薩門他們便點了點頭。

他的意思是——

T—S被地雷轟飛的話，我們便闖進去。也就是說準備把T—S當成替死鬼。

蹲在城牆左前方30公尺附近的Pitohui，看見大衛的手勢……

「…………」

卻沒有任何表示。

T—S的六個人在城門瓦礫前做好準備……

「嘿呀！」

在001的指示下一起站了起來。接著往瓦礫山頂端爬去。

當他們的頭稍微探出去的瞬間。

咻嗯！喀嘰嗯！

子彈就飛過來，被頭盔彈開後爆出火花。

「咕！」

頭部遭到晃動的001不理會對方的攻擊繼續攀爬瓦礫。在可以取出槍械的地方開始射擊。其他五個人也仿效他一起開槍射擊。

城堡內部的四個人毫不容情的攻擊，以及來自城門內的反擊，讓四周圍突然變得吵雜。

擊中T—S並且被彈開的子彈，再次因為擊中城門側壁而彈跳……

嗶嘰！

「唔喔！」

呈銳角飛至傑克的腳下，讓十壤產生爆炸。

不愧是只看防禦力的話是所有小隊最高的T—S。即使身體中了數十發子彈，承受著挨揍般的衝擊……

「咕！」

「嘿呀啊！」

即使經常失去平衡，但還是越過瓦礫山頂端，終於開始下山了。

其他幾名成員則是槍械被擊中而破損，結果再也無法使用。他們當場捨棄愛槍，毫不氣餒地把安裝在慣用手另一側的盾牌舉到頭上，側著身體繼續前進。

ZEMAL的成員TomTom在城門斜後方10公尺左右的位置看著這一切……

「那真是太猛了。」

看見即使全身爆出火花依然往前進的六個人，就老實地表示佩服。

把M60E3的槍口朝上，為了小心起見而警戒著城牆上眺望塔的Sinohara……

「雖然很想要，但那樣就超重了。」

則是老實地說出感想。拿著機槍並攜帶大量彈藥後，應該無法穿上那身護具了吧。到時候將會因為超重懲罰而只能龜速前進。

「要放棄機槍嗎？」

「你是要我去死嗎？」

他們就是這樣的一群傢伙。

T—S領頭的一個人，在把宛如下雨般降落的子彈全部彈開的情況下，終於鑽過城門踏進城內。

這裡應該跟北側城門一樣設置了地雷。

他們當然知道這一點，也做出了應對的準備——不對，應該說做出了覺悟。這時候……

「讓我來吧！」

艾爾賓越過瓦礫堆後立刻往前跑。雖然只有自己一個人闖入城內，不過這就是他們的覺悟。

設置好的地雷要爆炸的話，只要自己一個人犧牲性命就好。這是為了守護其他五名同伴的犧牲作戰。

然後艾爾賓就變成了星星。

地底的爆炸就從他雙腳中間開始，其壓力把沉重的他抬到空中數公尺高的地方。然後整個人重重地跌到石板上。

即使穿戴著護具，裡面的人類也無法承受如此大的衝擊。艾爾賓全身受到的傷害超過他的HP值……

嗶咚。

「Dead」的標籤亮起。

「就是現在！」

當剩下來的五個人準備往城內散開時。

圓筒形物體就飛了過來。

前端像是寶特瓶那樣平緩的尖形，後部有更細的筒子以及安裝了三個箭羽般的金屬板物體。

那個東西噴出火焰並隨著噴射音飛過來——

命中了T—S的其他成員。

腹部遭到直擊的005，被爆炸形成的噴流貫穿護具、身體以及背後的護具，腹部開了個小洞後立刻死亡。

第2發飛過來後在004與006腳底下爆炸。兩人被轟向左右兩邊，頭和身體撞上城角後，因為脖子骨折而喪命。

「咦？」「啊？」

伙伴在眼前被輕鬆轟飛出去的001與003，被接下來的爆炸轟得往後方飛去……

「呀噗！」「嗚呀！」

在失去手腳的情況下被轟飛到城門外側，然後在該處喪命。

預測地雷爆炸的話應該只有1發，結果之後的連續三次爆炸與身體被轟得支離破碎的男人們……

「什麼！」

「喔哇！」

讓想利用對方犧牲來進行突擊的大衛與MMTM眾成員感到驚愕不已。

他們的眼前……

咻啪啊啊啊啊啊啊！

筒狀物體一邊噴火一邊以猛烈速度飛了過去。

雖然是只有一瞬間的光景，但已經深深烙印在大衛眼底。

「ＲＰＧ！」

大衛邊叫邊把視線移向左邊，就看見那種火箭砲的本體尾部正噴著火，也就是持續加速往遠方飛去。發出的噴射音因為督卜勒效應而聽起來有些低沉。

彈頭在火箭噴出的火緩緩旋轉，本體則是發出光芒的情況下持續飛行，然後突然在距離５００公尺左右的空中爆炸了。

這個時候，跑在爆炸處旁邊20公尺的安娜與冬馬……

「噗呀啊！」「呀！」

從側面受到爆炸壓力與碎片攻擊的兩個人跌了個大跤。系統認定她們受到足以減少四成ＨＰ的損傷。

跌倒後看向天空的安娜，在頭昏眼花的情況下呢喃著：

「怎……怎麼回事……？」

「是ＲＰＧ！下一發要來嘍！」

大衛這麼大叫，同時轉身從城門旁邊逃走。後面的勒克斯以及另一側的薩門與傑克也開始全力逃亡。

老大也目睹城門內的慘狀，在聽見大衛的叫聲後也迅速開始逃跑。羅莎與蘇菲也幾乎同時有了動作。

「怎麼了？發生什麼事？」

「什麼是RPG？」

「等等，這款遊戲就是吧？」

「對喔。那為什麼現在還在說這種事？」

雖然對於爆炸感到驚訝但還不至於膽怯的ZEMAL四名成員，當他們準備跟在MMTM後面展開突擊而全部聚集在城門旁邊時——

下一個瞬間就從城門噴出瓦礫。

當然沒有可以發射瓦礫的武器，它們全是被爆炸轟出來。某種東西在堆積起來的瓦礫後面爆炸，形成的衝擊把瓦礫往外側噴出。

「咦？」

ZEMAL因為爆炸聲與瓦礫而驚訝地停下腳步，結果就有新的2發細長筒狀子彈飛過來並且命中目標……

應該是速度太快而根本看不見吧，筒狀物爆炸並且往四面八方撒出細微顆粒。

「咦？」

ＺＥＭＡＬ的四個人就這樣全部戰死了。

距離城牆約50公尺的地方，Fitohui說……

「哎呀，真是危險！那是『ＲＰＧ—７』吧！」

躲在Ｍ身後，看起來很高興。

ＲＰＧ—７。雖然和Role-playing game的簡稱一樣，不過是完全不同的東西。它是舊蘇聯開發出來的「攜帶式反坦克榴彈發射器」。

簡單來說就是反坦克兵器。

首先像大砲一樣用火藥把插在砲身前端的火箭彈頭發射出去，然後火箭彈頭會在空中點火。一邊加速一邊往前突進，撞上物體之後彈頭便會爆炸。

這種發射筒不是用過就丟，只要插入彈頭就可以重複使用。

以個人攜帶的兵器來說，應該是能發揮最大火力的成品。

它具備價格便宜、易使用與高威力的優點，依照擊中的部位，可能讓任何戰車在被擊中1發後就無法行動，可以說是相當棘手的武器。

當然它也有弱點。首先是火箭彈容易被風影響，從遠距離很難擊中目標。還有發射時的後方噴射相當猛烈，很容易因此而被敵人發現。

攻擊的對象就算不是戰車也沒關係。不論是一般的裝甲車、直升機還是像剛才那樣以人員為攻擊目標。

火箭彈也有許多種類，所以也具備了依照用途來發射不同火箭彈的特徵。

在T—S其中一人的肚子上打洞的是反坦克榴彈。是以爆炸的噴流突破厚重裝甲的類型。之後發射的是爆炸威力特別大的普通榴彈。

最後爆炸的是以對人殺傷為主的對人榴彈。這種類型沒有火箭，單純是發射砲彈然後爆炸。

RPG—7，以及與其類似的攜帶式火箭發射器——

用在對人戰鬥的話實在太過強大，所以GGO裡並沒有實裝，一般認為今後應該也不會出現，但是現在終於現出蹤跡了。

「嗯……好想要那個！我想用它來開火！」

相對於眼睛像小孩子般閃閃發光的Pitohui，M則是努力保持著冷靜……

「可能只有這次會出現喔。」

然後開口如此表示。

「那我想把它搶過來發射看看！」

「可惡啊！」

逃出爆炸效果範圍的大衛，回過頭來這麼咒罵著。

這樣就能知道數十秒前究竟發生了什麼事。

T—S的眾人發動敢死的突擊，某個人為了承受地雷的爆炸而打前鋒並且死亡，當其他人認為機會來臨的瞬間，敵人NPC就連續發射了RPG—7。

對方完全預測到城門會被不怕子彈的T—S突破，所以為發動地雷也無法幹掉所有人的情況做好了準備。

應該是把所有的RPG—7排在眼前來完成射擊的準備吧。這些NPC實在是太聰明了。

現在光是靠近那座城門就會有火箭彈飛過來。該處完全變成了通往地獄的入口。

狀況比剛才更加惡化，而且能夠進攻的人數也瞬間減少了許多。

目前南側城門這邊還存活著的就只有抵達城牆並且蹲著的M與Pitohui。

逃過一劫的大衛等四個人……

「趕上了！」

「太好了！」

以及幾乎同時回到戰地的健太與波魯特等MMTM的六個人。

「怎麼了，大家怎麼看起來這麼慘！」

同樣好不容易回到此地，但是伙伴們已經全滅的ZEMAL的彼得。

還有SHINC除了仍在300公尺左右的遠方跑著的冬馬與安娜之外剩下來的三個人。

這個時候是二十一點五十六分。

「Pitohui，妳有預測到這種情況嗎？」

大衛傳過來一半埋怨一半諷刺的發言……

「怎麼可能！誰會想到對方有RPG啊！」

「可惡！現在怎麼辦？」

「我覺得呢……」

「怎麼樣。別吊人胃口了，快說吧！」

「這次的遊戲測試，從一開始就沒有打算讓我們這些參加的玩家獲勝吧？」

「或許吧！遊戲平衡度太糟糕了！」

大衛的聲音裡明顯帶著憤怒的感情。緊接著……

「那要投降嗎？」

這是早就知道答案的問題。

「怎麼可能。不過真的很麻煩。T—S和其他拿機槍的傢伙已經來不及復活了吧。」

雖然他們應該能在二十一點五十九分時回歸，但是已經無法把他們當成戰力了。

「我想也是。立刻分散從西門和東門突入嗎？」

「這我也想過，但是以地雷和ＲＰＧ防禦的話就只能舉雙手投降了吧。原本人數就已經夠少了。」

這時通訊道具還沒有切斷連線的老人加入對話。

「隊上有沒有一兩個人願意當敢死隊來發動特攻呢？」

Pitohui與大衛瞬間了解她的意圖。

也就是去讓ＲＰＧ—７炸死或者讓子彈射死的人員。但是大衛這時搖了搖頭。

「沒用的……子彈的話也就算了，火箭彈的話根本擋不住。而且就算成功了——」

最先衝進去的一群人承受ＲＰＧ—７造成的傷害，接著又被子彈擊中，然後闖進城內。

就算是成功，把沒有水的池子當成壕溝來使用，也還剩下１００公尺的距離必須解決……

「不行！人數完全不足。」

即使相當憤怒，大衛的腦袋也還是很冷靜。像是下將棋與西洋棋那樣，計算著己方的死亡人數來思考作戰。

然後……

「金髮的槍榴彈手怎麼了？」

「不可小妞？是可以射擊城堡，但是對待在裡面的傢伙沒有效果吧。」

「沒有煙幕彈或者電漿榴彈嗎？」

「沒有。那很貴喲。你覺得像我這樣的窮光蛋能準備得出來嗎？」

「妳是在跟我說笑嗎？」

當所有人都覺得無計可施時……

「Pitohui，該拿出來了。」

M的聲音就靜靜地在戰場上響起。

Pitohui往下看著M回過頭來的臉……

「咦！不要啦！不要啦！」

做出像小孩子一樣的反駁——否決了M的提議。臉上表情沒有變化的M繼續表示：

「這樣下去的話會輸喔。」

「小蓮馬上就要復活，她會幫忙從北門衝進去的啦！」

「就算成功，最多也只能殺掉一兩個人。很難把五個人都幹掉。這樣還是會輸。」

「但是但是，大家都在看啊～」

「妳是為了什麼而花大錢買下它？反正妳在買的時候也被人看見了，馬上就會傳出去吧。甚至有可能在格洛肯已經是眾所皆知。」

「嗚嗚……」

聽見這樣的對話，無論誰都知道Pitohui她「有些什麼」。

然後她這次只攜帶過去從未見過的輕量裝備也證實了這一點。

還存活著的所有人，都用陰濕的視線看著Pitohui……

「啊啊真是的，我知道了啦。」

這麼大叫的Pitohui，還是先賞了M在她眼前的臉龐一記踢擊。

「啊嗚！」

當M倒下去時，Pitohui就迅速揮動左手……

「沒辦法了！轟爆他們吧！」

下達將倉庫欄裡的武器實體化的命令。

二十一點五十七分。

「回來了！太好了，在森林裡！」

當蓮回到森林裡頭時……

「哦。小蓮三世。」

不可次郎就在眼前。

把槍榴彈發射器放在左右兩邊，然後以雙腳往前伸的姿勢坐在森林邊緣。看起來很閒的樣子。

「怎麼了第三代，稍微縮水了嗎？」

「或許吧。戰況如何？」

「不怎麼樂觀。南門因為敵人超強的火力而完全無法入侵。」

「那我就從北門進去！」

當蓮準備往前跑時，Pitohui的聲音就傳了過來。

「要跑過來是沒關係，不過先等一下。我會在南門引起騷動，妳配合我的時機吧。」

「Pito小姐，妳平安無事啊。我知道了！不過，『騷動』是什麼？」

蓮一歪起脖子，Pitohui便表示：

「不多做說明了。不過，妳聽聲音就能知道。」

當Pitohui回答著蓮的時候，那個東西的實體化終於結束了。

光粒聚集在一起，在Pitohui眼前形成她隱藏於倉庫欄的一把武器……

「……妳這傢伙。」

大衛猛然瞪著她。

「哎呀！」

老大……

「嗚喔！」

以及蘇菲發出歡喜的聲音。

「什麼嘛，不是機關槍啊。」

彼得像感到很無趣般這麼呢喃著。

Pitohui手上拿著金屬製筒狀物。

那是一根很長的筒子。全長1．6公尺，直徑大約是7公分左右。筒子上安裝了握柄、扳機以及讓人放在肩膀上的簡單零件。

腳底下裝在箱子裡出現的是直徑6公分，長數十公分的筒子。前端膨脹，後部纖細，尾端摺疊著金屬製羽毛般的物體。該物體和剛才在眼前飛翔的東西十分相似。

「『M9A1』火箭筒……」

大衛發出這樣的聲音。而他瞪著Pitohui的目光也變得更嚴厲了。

Pitohui這次實體化後所展示的，是她剛剛購買的武器——也就是這把火箭筒。

直徑6公分的火箭式反坦克兵器。它不是火砲，筒子算是簡單的發射器，扣下扳機火箭就會飛出去。

Ｍ９Ａ１是第二次世界大戰中美軍所開發並且使用的武器，是被稱為Ｍ１的最初期火箭筒的改良型。

之後反坦克兵器就變成用過就丟的小型發射器，或者是像剛才的ＲＰＧ—７那樣，也不再被稱為「火箭筒」了。

但是名稱還是殘留了下來，一般大眾大概都有聽過。大型且架在肩膀上的大砲有時也會被當成火箭筒。

以武器來說，這種火箭筒已經算相當老舊了。但是威力卻不是槍械所能比擬，要是敵人有這種東西的話就會很頭痛。從同樣是第二次世界大戰中的反坦克步槍依然相當活躍，就能知道武器不是老舊就沒有威力。

這時候大衛……

「妳竟然帶了這種東西嗎……」

臉上露出明顯的苦澀表情。

「哎呀，我不會在ＳＪ時使用喲。包含火箭彈在內都太重了。這次因為說是攻略據點，才想當成射擊練習來拚命地扣扳機啊。」

「那妳為什麼不早點拿出來！妳這傢伙……原本是想瞞著大家對吧？」

「嗯。」

「…………反正妳一定又投入一大筆金錢了吧？」

「是我在另一個世界辛苦流汗自己賺來的錢喲。」

「哼！這個暴發戶。」

這個時候……

「你們兩個等一下再吵吧。」

老大插話制止了他們。然後……

「Pitohui。別再拖了快點發射吧。這東西應該有辦法阻止他們。」

以帶著期待的口氣這麼表示。

「OK。但是，我一定需要援護喲。妳懂我的意思吧？」

Pitohui輕鬆地把真實世界裡重達7公斤的長筒放到肩上這麼說道。

當然所有人都知道她的意思。

Pitohui拿出火箭筒來瞄準並發射的數秒之間，必須有人當誘餌來承受敵人精準的槍擊——

而這也是個絕對會死亡的任務。

經過三秒左右的寂靜後……

「什麼嘛，那就交給我吧。」

ZEMAL的存活者之一．彼得開口這麼說道。

這個時候是二十一點五十八分。

蓮在森林邊緣的樹木後面，專心等待著突擊的時機到來。

這都是為了M做出指示後就要全速突破北方城門所做的準備。

不可次郎也在附近等待著Pitohui的號令。

一旦接到M的指示，她就會為了援護蓮而把所有槍榴彈朝城堡北側轟去。

而她們兩個人都不清楚這時南門究竟在做什麼。

二十一點五十八分三十秒。

遊戲時間剩下一分三十秒。也就是九十秒鐘。

這時候南門前面，彼得把所有武器都收進倉庫欄裡，在手無寸鐵的情況下高舉雙手……

「別開槍！」

一邊這麼大叫一邊朝著城門飛奔。因為RPG—7的攻擊，堆積在那裡的瓦礫幾乎都被轟飛了。從城堡立刻就能夠看見他。

但是這個瞬間並沒有任何槍聲。即使他靠近城堡也一樣。

「原來如此。」

老大以佩服的口氣呢喃著。

包含他在內的ZEMAL在一個小時前左右，曾經抱著「並非敵人」的標語牌靠近城堡。還殘留著那種印象的話，對方或許會一瞬間猶豫是否該開槍的作戰漂亮地成功了。

大衛也再次……

「明明是NPC卻那麼聰明。」

發出混雜著傻眼與佩服的發言。

走在城門左端的彼得，就這樣前進到中庭之前都沒有遭到槍擊——

「再來就交給你們了！」

一這麼說完就突然跑了起來。目標不是城堡而是沿著城牆往左側跑去。然後用手拿起跟大衛借來藏在背部的手榴彈，為了拔開安全栓而合起雙手——

下一個瞬間就變成蜂窩了。這時候終於被認定是可疑分子了吧。

子彈在他身體上開了許多孔，讓他全身都因為著彈特效而變成鮮紅色。看來一定立刻死亡了。

同一時間……

「很好！」

Pitohui從城門旁邊冒出頭來。肩膀上則還放著火箭筒。

滋啪咻嗯！

彼得創造出來的些許空檔，已經足夠她發射火箭彈了。Pitohui射擊完後身體立刻縮回去，然後就有子彈飛過那個空間。

彈頭在吐著火焰的情況下加速移動過100公尺的距離，猛力撞上城堡的側壁並爆炸。

反坦克榴彈的爆炸會成為帶貫穿力的噴流，這次噴流也傳遞到城堡上讓巨大建築物產生晃動，同時粉碎了該處的岩石。

碎片變成殘骸落向城堡的入口。

待在Pitohui的對面，也就是面向城門右側的旁邊使用鏡子觀看情況的大衛……

「有效。洞穴要再下面一點！」

「我是初次射擊當然不會那麼準嘍。嗯，接下來就會擊中了啦。」

對話當中，M就從Pitohui身後裝填著下一發火箭彈。只見他從筒子後面把火箭彈插進去。結束後就拍了一下Pitohui的頭當成訊號。

大衛為了讓自己成為誘餌而露出槍械和左半身……

「吃我這記！」

手指放到槍榴彈發射器的扳機上。由於每次只能發射1發，所以他才把自己最大的攻擊力保留到現在。

這個瞬間，飛過來的子彈就貫穿他的左臂……

「嗚！」

啵！

即使如此還是發射出去的槍榴彈，很可惜地大大偏離了目標，朝著城堡上部飛去。

「Nice！」

但已經足夠讓Pitohui發射下一發火箭彈……

咻磅嗯！

正如她所說的，第2發火箭彈準確地命中目標。

幾乎從地面上水平飛去的火箭彈，被吸入城堡的入口後消失不見，隔了一拍後產生爆炸。

城堡晃動地比剛才還厲害，從洞穴裡噴出火焰與一些瓦礫——

還有哈珊手腳與頭分家的身體也跟著噴了出來。

有了中彈覺悟而繼續探出身子觀看的大衛，確實地看見了這一幕……

「所有人衝啊！」

從遠方聽見第1發火箭彈攻擊的爆炸聲……

「信號來了。」

「那我去去就來。」

以去便利商店買東西般的口氣對不可次郎這麼說完，蓮就開始跑了起來。

離開森林往城牆跑去的她，使用跟剛才完全一樣的路線來展開今天第二次的突擊。城堡那裡沒有做出任何攻擊。

剩餘一分鐘的戰鬥開始了。

當蓮再次飛越城門的殘骸時，在空中就聽見了第2發火箭彈的爆炸聲。

「別落後了！」

「噢！」

老大等人也不輸給往城門突擊的MMTM，跟著他們往前猛衝。連為了搬運反坦克步槍而沒有武器的蘇菲都向老大借來「Strizh」手槍。

「啊，太過分了。我們可以獵的人頭都被搶走了。」

Pitohui把完成自身任務的火箭筒放到地面，同時笑著如此呢喃。

這個時候，安娜和冬馬兩個人已經迫近到距離城堡100公尺左右的距離……

「啊，真過分～」

「來不及了～」

但兩個人都沮喪地垂下頭。

率先展開突擊的大衛，看見一名打開城堡外牆露出槍械的黑人壯漢。

原來如此！躲在那種地方嗎！

大衛在心中這麼大叫。

從剛才就一直覺得城門前只看得見一個入口真的很不可思議，這下子謎題就解開了。

數公尺旁邊有塗上跟岩石相同顏色的暗門，對方就是從那裡瘋狂地開火……

「這個卑鄙小人！」

大衛當場停下來把ＳＴＭ－５５６的槍口移過去，同時羅伊也把手中Ｍ４Ａ１的槍口對準他。

大衛沒有閃躲。

在１００公尺的距離下同時開槍發射出去的子彈，同時命中、打穿兩人的頭部後繼續往前飛去。

還剩下三名敵人。

大衛倒下處的旁邊，ＭＭＴＭ剩餘的五個人幾乎是湊在一起展開突擊。他們已經不管死亡的隊長。只由剩下來的成員往城堡內部前進。

傑克邊跑邊用ＨＫ２１機槍對著城堡側面瘋狂射擊。沒有進行瞄準也不希望命中，純粹只是牽制用的射擊。

ＲｏｃＫ低頭看著他們幾個人。

城堡西南方側壁上方15公尺處，現在打開了一個大洞。

同樣偽裝成跟外牆一樣的木門在前方迅速打開，出現足以容納一個人的巨大洞穴。

從該處探出臉來的是讓眾人嘗盡苦頭的狙擊手ＲｏｃＫ。

架在他肩膀上的不是ＧＭ６Lynx，而是ＲＰＧ—７。

瞄準的目標是還沒注意到他的幾名ＭＭＴＭ成員，手指已經放到扳機上了。

嗶咻嗯。

1發子彈飛過來擊中ＲｏｃＫ的右肩。

那是命中之後立刻爆炸的爆裂彈。

ＲｏｃＫ的右臂隨著低沉的爆炸聲被炸斷，右手在抱著ＲＰＧ—７的情況下往下掉落。

然後在手掉落到石板上面之前，第2發子彈就命中瀕死的ＲｏｃＫ，把他的上半身轟掉一半，完全奪走他的生命。

從槍裡彈出的空彈殼在城牆上滾動。第2發子彈的彈殼碰到第1發子彈的彈殼後發出清脆的聲音。然後依序變成多邊形碎片消失了。

西側的城牆上，趴著架起手動槍機式「R93戰術2型狙擊槍」的夏莉這麼呢喃著：

「嘖！那傢伙不是最後一個嗎……」

她身邊同樣趴著的克拉倫斯，把小型但高性能的雙筒望遠鏡貼在眼睛上……

「嗯～太可惜了。」

然後姣好的容貌這麼呢喃著，接下來又邊看著持續從南門闖入的一整群玩家，也就是MMTM、SHINC以及Pitohui與M邊開口說：

「現在剛好可以射擊那群傢伙吧？跟打『鴨子』一樣簡單喲。」

克拉倫斯與夏莉。

這兩名女性玩家也被邀請到這次的遊戲測試，而且沒有詢問過去的同伴就一起組隊參加了。

經歷慘烈的對戰並且同歸於盡的SJ3之後，就在酒場裡聊天並且交換聯絡方式，變得經常會一起狩獵怪物的兩個人，沒有理由拒絕這次的邀約。

夏莉的服裝跟之前一樣是畫了Realtree Pattern迷彩的火克。

克拉倫斯也和SJ2與SJ3時一樣全身穿著黑色戰鬥服再加上裝備背心。

但是遊戲開始不久，看見地圖與城堡後她們就立刻做出結論。

就算是有三條命，光靠兩個人是絕對不可能攻略下這座城。

所以便迅速藏身在森林裡，對全身施加上迷彩然後屏息躲藏了起來。

當MMTM從近處匍匐前進時、蓮等人為了突擊準備而經過眼前時，還有不可次郎發呆等待著出動時，她們都沒有動靜。

「啊～好想開槍好想殺人。」

克拉倫斯舉起和蓮使用相同彈匣與子彈的槍械「AR—57」……

「快住手，幹掉妳喔。」

結果夏莉就以狠瞪來制止她。

「之前就這麼覺得了，妳真的很能忍耶。妳不會只有提升忍耐力的數值吧，夏莉小妞？」

「因為我就是從事這方面的工作。」

「哦？妳在真實世界是什麼工作？說好有一天要告訴我的吧？」

「嗯，有機會的話。」

她們就這樣等待了一個半小時以上。兩個人也沒有錯過這最初且最後的機會。

Pitohui等人在城牆南側展開突擊後引起了大騷動。

兩人便趁隙離開森林在草原上匍匐前進，然後趴在東北的城牆上。當然不會通過設置了地雷的城門。因為她們已經目睹ＭＭＴＭ的全滅。

相對地，夏莉拿出準備的繩索與鉤爪，把它掛到20公尺上方的城牆上。

不理會城牆後面的劇烈騷動，兩人靠繩索爬上城牆後，就開始從那裡匍匐前進。然後隱藏在欄杆狀垛牆後面，這一連串的行動可以說相當乏味。

兩人緩緩前進……

「好無聊～」

「都不好玩～」

「手肘好痛～」

「吵死了，把妳推下去喔。」

「我想要大鬧一番啊。」

「想要發光發熱。」

「想殺掉其他人。」

「吵死了，把妳推下去喔。」

克拉倫斯的發言比夏莉多出三倍。

然後當她們逆時針繞了半圈後，抵達了可以看見南側城門的位置。悄悄往下看著互相狂轟火箭彈的現場，克拉倫斯就露出滿臉笑容。

「那是什麼？簡直就跟戰爭一樣。」

「那樣剛好。」

夏莉依然趴著，然後再次架起R93戰術2型狙擊槍。

一把槍口朝向城堡……

「來，露出臉吧。讓我賞你們1發子彈。」

「那我來當觀測手。『謝謝』呢？」

「謝謝。失敗就殺了妳。」

然後在RocK被轟飛之後——

「現在剛好可以射擊那群傢伙吧？跟打『鴨子』一樣簡單喲。」

克拉倫斯的話，讓夏莉把R93戰術2型狙擊槍上了保險。

然後對著身邊的女人……

「我是獵鹿人。不會打『鴨子』。」

不帶笑容與怒氣直接這麼回答。

當蓮今天第二次完成踩扁香菇般的超級跳躍，成功入侵城內的時候——

就聽見南側傳來盛大的連射聲。

城堡就在眼前，另一側則可以看見戰鬥的黑煙。

然後100公尺左右的正面是剛才幹掉凱恩時的入口，這時候有兩個男人從該處走出來。

一個是戴眼鏡的男人，也就是醫生。

另一個是剛才沒有殺掉蓮的男人，雅各。

他們手上都沒有拿槍。兩人都用背帶把突擊步槍掛在肩上。

兩個人的手上同時握著的是長約1公尺，寬高約50公分左右的木箱。

各自用雙手握著帶有把手的邊緣，準備把那個看起來很重的東西搬到城外。

不論蓮再怎麼蠢或者笨，都知道他們拿的是什麼東西。那就是這次的目的「毒氣彈頭」。

那兩個人為了遠離從南側進攻的對手而把它搬到這裡來。

蓮不可能會錯失這個機會。

「別想稱心如意！」

蓮邊大叫邊繼續跑著，同時也把名為P90的利牙朝向看見粉紅色小不點朝自己衝過來而驚訝的兩個人。

一瞬間猶豫該射擊醫生還是雅各，結果光是感覺醫生的眼睛一瞬間因為反射而發光，就把目標放在右邊的醫生身上。

邊跑邊把槍擺在腰間，讓出現在視界裡的着彈預測圓與對方重疊，然後毫不客氣地扣下扳機。

Ｐ９０發出「啪————」的吼叫，接著在醫生的身體上開了20個左右的洞。

身上因為著彈特效而發光的醫生，以及急忙想拿起背部Ｍ４Ａ１的雅各同時放手，木箱就掉落到石板上破裂了。可以看見從裡面滾出砲彈般的物體。

這段期間雅各的手就抓住Ｍ４Ａ１，擺在腰部對準了蓮——

兩個人同時開火射擊。

蓮射擊的５發子彈擊中雅各的槍械與背帶，把它從雅各的手中奪走。直接飛向３公尺左右之外的地方。

而雅各發射的子彈則是命中Ｐ９０上部，也就是彈匣的部分。塑膠製彈匣被打穿，應該射擊出去的子彈全部飛向空中。

「嗚！」

蓮還是沒有停下腳步。她像是從身上抽出背帶一樣把Ｐ９０拋開，對著剩下30公尺左右的雅各展開突擊。

蓮看見那個時候沒有殺掉自己的男性NPC，這次殺氣騰騰地從右腰拔出手槍來。

要趕上啊！

蓮從腰部後方拔出黑色戰鬥小刀，朝著雅各舉起的槍口迫近。

磅嗯！

當他發射第1發子彈時，蓮已經跳向空中。子彈擊中蓮原本所在的石板並且彈起。

蓮做出了完美的落地。她的雙腳猛烈撞上雅各的胸口，其速度已經足以推倒對方巨大的身軀……

「嘎！」

越過從背部撞到地面的雅各，往前方轉了3圈後手就按在城牆上站了起來。

她轉過身子並飛撲過去，把小刀朝著倒地的敵人脖子插去——

轉圈。

雅各以不符合壯漢外表的靈巧動作打滾，刀刃擦過他的身體在石板上發出清脆的聲音。

當蓮抬起頭來的時候，雅各起身的巨軀以及握在右手上的45口徑手槍的巨大槍口已經在她眼前。

「嗚！」

由於實在太近，所以根本不用想要躲避，蓮立刻刺出手中的刀子。

右手推著反握住刀子的左手，刀子的尖端就準確地刺進11毫米左右的洞穴裡……

「嗚！」

雅各與蓮的身體透過雙方的武器連結在一起。

沒有想太多就這麼做的蓮……

咦，這樣會出現什麼情形……？

不清楚槍口插著刀子的狀態下手槍是否能射擊。沒有人教過她這種事情。

說不定子彈的壓力很輕鬆就能把刀子轟飛。或許連蓮的手指都會折斷。

但那總比直接被擊中然後頭上開了個人洞還好。

然後雅各並沒有開槍。被鬍鬚與繃帶包圍的臉往下看著蓮。很清楚就能看出，浮現在他臉上的是恐懼。

「為什麼……？」

他突然開口了。同樣是由英文翻成日文，所以會出現時間延遲的發音。

「你們為什麼……要戰鬥？」

突然的提問，讓蓮的腦袋差點就要停止運轉。

為什麼在遊戲當中要對我問這種事情呢？完全無法了解新型ＮＰＣ的想法。

但人類就是會忍不住回答他人的提問。難道這就是對方的目的？如果是這樣，那麼新型NPC就真的太恐怖了。

蓮的腦袋高速迴轉——

像是「本來就是這種遊戲」、「因為你是最後的敵人」、「沒時間了」等過於理所當然的答案率先不停浮現在腦海當中。

但蓮還是判斷這些全都不是能用一句話回答問題的答案。腦部的運作阻止了嘴巴想要回答的動作。

然後——

為什麼自己今天也會玩GGO呢？

在這裡希望得到什麼呢？

究竟是什麼理由，讓自己持續玩著這個決定虛擬生死的比試呢？

最後她找出唯一一個單純的答案。

也是最適合的答案。

蓮開口把它說出來。

「因為很有趣啊！」

小不點的女孩子以滿臉笑容說出口的話，NPC聽見後不知道會有什麼想法。

蓮把身體往左邊迴轉，同時從槍口抽出刀子。

原本以為會被擊中。也做好與對方同歸於盡的覺悟。

蓮的視界再次捕捉到雅各的臉龐，這時他的嘴巴鬆弛地下垂，眼睛也無力地放大。

手槍的槍口沒有追隨蓮的動作，只是對著空無一人的空間，而且也沒有噴出火花。

這時候男人就像是開關被關上一樣，而小刀的刀鋒則是高速劃過他的脖子。

「嘎呼！」

聽見雅各的悲鳴……

「太淺了！」

蓮為自己的失誤感到懊悔。

對手還能發出聲音就表示他還活著。沒有一擊就給予對方致命傷。

雅各巨大的身軀跪了下來，左手按住被切開的脖子。

還要再一擊，蓮為了給對方致命的一擊而把左手放在右手後面。

變得跟自己眼睛同樣高度的他，最後……

「這樣不對……我不想繼續下去……」

呢喃著完全不像ＮＰＣ會說的話。

事情哪有這麼簡單。

「No！」

蓮用英文回答完，刀子就深深刺進對方不停流淚的左眼當中。

這次整把刀刃都刺了進去。

嘿呀！

努力紮穩馬步後奮力拉扯，最後終於把刀子拔出來的蓮整個往後倒去。

現實世界的話或許會連眼球一起拉出來，但這裡是ＧＧＯ。小刀還是像新品一樣漂亮。

蓮撿起丟出去的Ｐ９０後……

「小蓮，幹得好。」

Pitohui的聲音就傳到耳朵裡。

「我成功了！現在人在哪？」

「大家在南門前面。快來快來。不可小妞也一樣。」

「『毒氣彈頭』就掉落在附近耶。」

「那種東西不重要啦。」

「嗯，說得也是。」

「乾脆讓它炸裂吧。」

「不行，那樣太過分。我現在過去。」

蓮跑了起來。

把兩具「屍體」和彈頭留在現場。

遊戲測試雖然結束了，但似乎還能待在這個戰場上一陣子。

蓮視界的角落雖然出現「要回格洛肯嗎？」的選項，但只要不去按「Yes」就不會被傳送回去。

但是武器似乎被鎖上了，即使握住P90，眼前也不會出現它的表示。蓮把它和小刀一起收進倉庫欄裡，空手往前走去。

目前中庭已經完全變成安全的場所，於是蓮就享受著剛才沒有多餘心思欣賞的風景並且前進，結果發現RocK的屍體就躺在城堡旁邊。他的右手還握著筒形武器。

接著就看見了一起戰鬥的「伙伴」們。

Pitohui、M、MMTM的六個人、SHINC的六個人、ZEMAL的五個人。然後還有T—S的六個人。

結束前三分鐘內死亡的角色、失去三條命的人似乎都回來了。那個時候集合起來參加Pitohui作戰的所有人都到齊了。

或許正在慶祝勝利並稱讚對方的善戰吧，只見眾人和氣融融地談笑當中。氣氛簡直就跟派對的會場一樣。

「哎呀！首功者凱旋歸來！成功幹掉最後的兩個人！」

切斷通訊道具的Pitohui對蓮招手，注意到這一點的其他人就把視線移過去迎接蓮的歸來。

「太棒了！」

「恭喜！」

「果然名不虛傳！」

塔妮亞、安娜、冬馬等SHINC成員也分別開口祝賀著蓮。

高大的辮子女則是溫柔地低頭看著蓮……

「嗯，下次再一決勝負吧。恭喜妳了。」

約好下次再比試後也開口恭賀了蓮。

「嗯，下次再戰吧。如果有下一屆SJ，就在那裡一決勝負。沒有的話就找個戰場。」

蓮確實地回答對方。

Pitohui的眼神瞬間發出光芒，但是蓮似乎沒看見。

MMTM的男人們以三分懊惱七分讚賞的表情看著這一切。大衛則是開口表示：

「幹得好。」

「謝謝。」

「下一次希望能全力跟妳對戰。」

「啊哈哈。有機會的話……」

蓮的意願不是太高。就算有下次，只要能和SHINC戰鬥就夠了。

ZEMAL的五個人則是受到蘇菲與羅莎的搭話然後不停提問。應該是在談論關於那種背包型供彈系統的事情吧。幾個人之間的氣氛相當熱絡。

「好啦好啦，辛辛～苦苦～妳啦。」

不可次郎把武器全收進倉庫欄裡，保持雙手插在身前防彈衣當中的姿勢，像是剛散步回來一樣走回現場。

「哎呀，蓮，辛苦了。妳依然是名殺戮天使。結果打倒三個人的妳創下最高紀錄了吧？」

「辛苦了，不可。嗯，就結果來說是這樣啦。」

「又這麼謙虛。這個臭日本人。妳獲得很多經驗值了吧？有多少？」

「誰知道。」

「分一點給我。」

「怎麼分啊。」

當不可次郎逼近蓮的時候，Pitohui和M正蹲在城堡旁邊離眾人稍遠處看著一具屍體。

那是和大衛同歸於盡而死的黑人男性羅伊。原本中彈的頭部，現在已經恢復原狀。單純只是無法動彈。因為是NPC，所以沒有倒數的時間。直接就這樣留在戰場上。

Pitohui先抬起他的右手，然後是左手。

「妳在做什麼？」

這樣的動作果然讓M感到疑惑，於是便開口這麼問道。

Pitohui展示羅伊粗壯的左臂前端，也就是左手的部分並這麼回答。

「你看。」

她展示的是失去整根小指以及中指前端的手。從看不見著彈特效就能知道那並非在這場戰鬥裡負傷的結果，不是以前受的傷就是大生的缺陷。

「………」

瞪大眼睛的M什麼都沒說，Pitohui則是靜靜放下男人的左手。然後把他滾落在旁邊的M4A1步槍放到上面遮住了手。

「那麼！」

Pitohui站起來就輕輕轉過身子，丟下M跑向蓮與其他玩家身邊。

「各位，差不多得離開了，等一下要不要到格洛肯的酒場辦派對？現在募集參加者！」

不可次郎立刻詢問：

「Pito小姐請客嗎？」

「嗯～真拿妳沒辦法。既然是我提議的，那就由M來付帳吧！」

「那我要去！蓮也是！妳有感想要說吧？」

「嗯，是沒關係啦。」

大衛代表ＭＭＴＭ表示：

「謝謝妳的邀約，但我們就不參加了。下次見面就是敵人了。」

「哎呀？現在也是敵人喲。嗯——算了。辛苦嘍。你們是有實力執行我作戰的優秀隊伍。」

「下次一定要痛宰妳。就算拿出火箭筒也無所謂喔。那麼再見了——各位也保重。」

然後六個人就一起揮動左手操作視窗。變成光粒後從這個戰場上消失。

「各位小姐呢？要去喝一杯嗎？」

Pitohui問的是ＳＨＩＮＣ的眾人，回答的則是老大。

「真的非常感謝您的邀請，但是夜色已深，我們就在此告辭了。」

「真可惜。」

「今天真的很高興。哪一天在槍林彈雨下再會吧。」

就這樣，六名勇敢的女性——操縱者是女高中生，就因為「再晚點回歸現實世界的話，可能會挨家人的罵」這樣的理由離開了。

「你們呢？」

Pitohui的臉朝向ＺＥＭＡＬ的五個人，這時候是由TomTom代表眾人回答。

「跟派對比起來，我們比較希望那邊的Ｍ氏可以加入我們的隊伍。」

「那實在沒辦法。這傢伙欠我錢，必須再工作300年左右才行。」

「唔，實在太可惜了。M氏啊，如果缺錢需要賣掉MG42的時候，隨時都可以找我。那我們今天就先告辭了。」

「哎呀，那就下次見嘍。」

喜愛機關槍的男人們也消失了。

目前只剩下蓮他們四個人與科幻士兵留在城堡前面。

「雖然想問『那你們呢？』——」

艾爾賓開口回答。

「這個嘛，只有長相曝光的我去參加也不太好……還是在這裡分手吧。這次很謝謝你們在各方面的協助。」

「我們才要道謝呢。下次要記得先準備好吸管喲。」

T—S的六個人也以巨大身軀輕輕點點頭然後消失無蹤。

就這樣，城堡前面終於只剩下蓮他們四個人。

「喂喂Pito小姐，妳太沒有人望了吧！這樣不就沒辦法把M先生的皮包掏空了嗎！」

不可次郎真的生氣了。

「不過，其他人的份就由我和蓮喝掉，所以沒關係啦。」

「還是要喝嗎？」

「那我要訂位嘍。四個人可以吧？不用無限暢飲對吧。反正有人請客。」

不可次郎做出左手拿著智慧型手機般的動作並這麼說道。

不只是ＧＧＯ，ＶＲ遊戲的酒場都設定為太多客人的話，將會進入同家商店的暫時性空間內，所以不會發生客滿的狀況。

「哎呀，可以再約兩個人喲。」

還有兩個人？

不可次郎與蓮都露出狐疑的表情。Pitohui以左手進行操作。將收在倉庫欄裡的Ｍ９Ａ１火箭筒再次實體化。

「哦？」

「好大啊！」

首次看見的蓮與不可次郎發出驚訝的聲音……

「來，拿著。」

Pitohui就把長１．６公尺，直徑７公分的那個讓Ｍ拿著……

「朝向那邊。」

讓他對準西北的城牆上方，然後繞到後面，把臉靠近裝填火箭彈的孔洞。

「喂！那邊的兩個人！去喝　杯吧！」

ＧＧＯ裡絕對是第一次有人把火箭筒當成擴音器來使用，現實世界應該也不會有人這麼做才對。

聲音似乎順利傳達了出去，站起來從城牆的垛牆露出身子的兩個人各自以不同的動作來回答。

夏莉打橫Ｒ９３戰術2型狙擊步槍，單手高高將其舉起——

克拉倫斯則是大大地攤開雙手並且聳了聳肩。

然後變成光粒消失了。

「哎呀，被甩了。不可小妞，果然還是我們四個人就可以了。」

「好喲。」

即使從遠方觀看，參加了ＳＪ而且賽後還重看了轉播畫面的蓮也能知道那兩個人是誰。

「那兩個人……從什麼時候就在那裡了？」

蓮這麼問……

「誰知道？不過，她們幫忙幹掉一個敵人，所以也得感謝她們。」

Pitchui這麼回答。然後……

「好了，那我們去開宴會吧？」

一揮動左手，M肩膀上的火箭筒就消失了。

肩膀上重量消失的M……

「知道了。那就整支小隊一起回格洛肯吧。」

直接動起了左手。

「小蓮，隔了這麼久才再次戰鬥，有什麼感想啊？」

「嗯？啊？」

突然被這麼問的蓮，回想起剛才雅各也問過她問題。

然後……

「很開心喔！」

「嗯！那就好。如此一來，有下一屆SJ的話——」

「跟SJ比起來，這次的形式更有趣！大家同心協力打倒無法輕易幹掉的強敵！今後LPFM應該要只在進行這種遊戲或者普通的任務時才集合！」

「喂喂小蓮……我們在酒場裡好好聊聊吧？」

「咦？」

蓮發出這樣的聲音後，四個人就從城堡前面消失了。

EPILOGUE.2

最終章Ⅱ　夏日的某一天

回過神來時，人就在那裡了。

一棟冰冷又充滿霉味的石造建築物當中。可以看見微暗、單調以及挑高的天花板。

「喂！清醒了嗎？醫生——！」

聽見了熟悉的聲音。感覺頭好痛。思緒也一片紊亂，完全理不出頭緒。

下一個瞬間，總是相當可靠的堅忍臉孔就出現在眼前……

「很好，沒問題了吧。還在想你要睡到什麼時候呢。」

聲音的主人露出雪白牙齒並這麼說道。

羅伊就站在眼前。

我很久沒看到身穿戰鬥服，頭戴防彈頭盔的他了。

＊＊＊

我不曾後悔過自願為祖國戰鬥這件事。

也不後悔加入軍隊後就以成為最強士兵為目標這件事。

撐過光是回想起來就快吐的嚴格訓練，以及虐待狂教官的笑容與汙言穢語，我光榮地成為了這個國家的士兵——而且是精英集團的其中一人。

我在不能告訴任何人名字的部隊待了十二年。

這段期間參加了好幾次祖國必須進行的戰爭。結束在一個國家的任務後就到另一個國家去。另外也參加了甚至不是戰爭，連存在也不能公布的作戰。

我以槍械、炸藥，有時甚至是小刀殺了許多人。

不知道是嚴格訓練的成果還是天生的才能，又或者是兩者兼具。總之我打倒了許多敵人。成功地幹掉了他們。

也因此而不用目擊大量伙伴的死亡。最重要的是，我不曾看過同伴在眼前喪生。部隊的伙伴有好幾個人都在激烈的戰鬥之中失去生命。也曾經因為直升機墜機而一口氣失去將近十名伙伴。

但我從未失去一起戰鬥的伙伴與率領的部下。即使參加過許多作戰，還是在全員存活的情況下回歸。這對我來說是感到最為驕傲的一件事。

長年跟我搭擋，而且相當可靠的男人——羅伊因為超無聊的失誤而用自己的槍誤擊自己的手就是小隊唯一的流血事件。

那是會跟著他一輩子的笑話。

他輕輕揮著失去手指的手……

「可惡，這樣就不能獲得奧斯卡金像獎了！擁抱小金人的夢想破滅！」

進入軍隊之前據說是演員的他這麼說來引大家發笑。

感覺到體能的界限而圓滿辭去特殊部隊與軍隊的工作後，我回到故鄉去從事極為普通的工作。

託景氣良好的福，到處都是工作機會。雖然依照心情換了幾個工作，生活上倒是不怎麼困難。

前陣子也結婚生子了。

我一直認為，也深信自己會這樣以一名幸福國民、好丈夫、好爸爸的身分度過平凡且幸福的人生。

完全沒想過自己的身心會出現問題。

就是因為這樣吧，當過去的戰友邀我去「工作」時，我沒想太多就參加了。

那是以「民間保全公司員工」的身分，在政治情勢惡劣的外國防衛重要設施的工作。

這份工作不是誰都能勝任。而我則有能順利完成的自信。

妻子強烈反對我去參加。

雖然我說薪水比現在好得多，希望藉此讓家人過好一點的生活——她還是搬出了離婚來反對我這麼做。

但我最後還是貫徹了自己的決定。

就這樣到國外然後平安回來。

兩個月左右的任期中遭遇數次危險的狀況。

像是護衛的車隊被人從遠方槍擊，或者迫擊砲擊中設施等等。

另外像訓練該國的新兵也是工作之一，而兵中有新兵幹了蠢事，讓機關槍產生爆炸。有一次為了守衛石油精製設施，又有一次為了保護運送兵器的卡車隊而發生零星的戰鬥。

我度過這所有的難關，帶著一大筆金錢回國。身上一點傷都沒有。

而且感到很開心。

於是我不再待在祖國賺那微薄的薪水。

我定期到外國然後在那裡工作。所有工作都無法說明正確的地點。同時也全是循普通管道入國的話，全部會被阻止的地方。

每次去工作都會發生幾次戰鬥。戰鬥有時候相當激烈，有時候很快就結束了。然後我每次都是毫髮無傷地回歸。

在國外工作兩個月到三個月，接著在故鄉和家人度過一個月的時光。然後再次出門「賺外快」。

妻子之後就沒有多說什麼。她把女兒們教育得很好。

結果反對我這種新生活的——

竟然是羅伊。

他跟我一樣辭掉軍隊的工作之後，也同樣以「警衛」的身分到處工作，其實力也獲得許多公司很高的評價。我甚至還有跟他共事的機會。

但是某一天他卻向自己發誓再也不做這種工作，而且還勸我也退休。

「傑克啊……你是我所知道的最優秀士兵。但是呢，應該夠了吧？有必要繼續在危險的地方工作嗎？下次可能真的會死亡喔。」

不，沒問題的。

我還能戰鬥。

而且不想死。

不論在什麼樣的戰場，我都能活著回來。

就像至今為止一樣。

＊　＊　＊

回過神來時，人就在那裡了。

我很久沒看到身穿戰鬥服，頭戴防彈頭盔的他了。

眼鏡男把繃帶纏到我頭上。

「原來如此。你的運氣很好，雅各。」

雖然以熟人的態度向我搭話，但我不認識這個傢伙。他是誰啊？

說起來，這裡是哪裡，然後我和羅伊究竟在做什麼呢？

「噢，看來是出現記憶混亂的情形了。也難怪啦。畢竟那麼用力撞到頭部。回國之後要做精密檢查才行。」

到底是怎麼回事？聽見我的問題後，羅伊便回答：

「可惡！你的記憶真的消失了嗎？拜託你，振作一點好嗎！我們還在『上班中』喔！」

羅伊這麼說。

真的不知道。完全想不起來。現在是什麼時候？我人在哪裡？正在做什麼？

「…………」

露出看見可憐孩子般的眼神後，羅伊就把一切全告訴我了。

「我們」的小隊正在這個東歐國家進行重要的工作。在直升機來迎接我們之前的兩個小時，要在這座廢城裡保護俄羅斯製的核子彈頭。

東歐？核子彈頭？

羅伊默默地讓無法思考的我觀看攝影機的影像。他從待在我的小隊時，就負責記錄情報的工作。

然後小小畫面裡所見到的是——我自己。

在某個房間裡以平常的口吻宣告作戰計畫的我。

除了羅伊以外就沒見過的男人們，以嚴肅的表情聽著我為了尋找核子彈頭的作戰。其他的影像裡，可以見到似乎是這個國家的軍隊正搭乘俄羅斯製直升機來移動。然後另外的影像當中我們正警戒著四周圍並且在森林裡前進。

雖然難以置信，但也無法懷疑。

畫面上的確實是平時的我。

也就是說，我犯下了在「工作時」受傷，然後失去至今為止的記憶這種嚴重失態嗎？

「算了，到目前事情都很順利。不過……你應該不這麼認為啦。」

羅伊告訴我攝影機影像之外的情報。

我們為了這件工作被召集然後來到這個國家。

「1發俄羅斯製核子彈頭在運往處理場途中失去了行蹤」。

任務是親自用眼睛確認這個不確實且難以置信的情報，結果是真的有這麼回事。包含我在內的七人小隊排除了障礙，成功入侵到這座城堡裡面。然後發現了核子彈頭。

戰鬥當中，我的頭在隔著頭盔的情況下被碎片猛力擊中。

但沒有因此喪命。只出現頭痛、少量出血以及數分鐘的意識不明、記憶混亂等現象。

「雅各，你這傢伙果然很厲害。的確是不死身。」

我知道。

「再兩個小時直升機就來了。在那之前還需要你的力量。好了，快起來吧！」

小小的城堡，這座我們應該防守兩個小時的地點──

已經被屍體包圍了。

這些屍體是至今為止的戰鬥所屠殺的敵人。他們的身分是這個國家的反政府組織，以及參加戰鬥的一般人民。周圍的平地、草地、森林邊緣上都可以看到大量屍體堆疊在一起。

許久沒見過如此壯烈的戰場。頓時感覺熱血沸騰。

「武器多到你難以置信喲！」

叫作凱恩與哈珊的男人們，向我展示了堆在城堡入口附近的大量武器。這裡似乎是反政府組織的物資收集場，除了槍械、彈藥、炸藥之外，還有許多RPG—7。

名為伏特加的男性拿著機槍，而名叫RocK的男性則是拿著強力的反器材步槍。

從影像中可以知道他們是早已認識的人，但我已經全部忘記了。不過他們還是願意聽我的指揮。這群男人看起來相當可靠。

「戰鬥不是我真正的職業。別把我當成戰力喔。」

醫生如此表示。

他並非真正的醫生。而是放射性物質與核子彈頭的博士。

他對我展示放在木箱裡的俄羅斯製核子彈頭，然後說出現狀絕對不會爆炸，但再度被奪走的話就不清楚了這種令人暫時安心的發言。

然後……

「你可是隊長！請下達指令吧！」

頭痛不可思議地迅速痊癒。

頭腦清醒之後，平常的「職場第六感」就回來了。

我把城堡的構造牢牢記住後，就決定所有人的配置並且做出指示。機槍手和狙擊手待在尖塔警戒周圍，除此之外的成員則是隨狀況改變位置，靈活地對應敵人的攻勢。

原來如此，「我隊上」的男人們——除了醫生之外都是不輸給羅伊的優秀士兵。馬上完全理解我如何以少人數守備據點的想法並展開行動。

然後戰鬥就開始了。

羅伊表示他們是這個國家的反政府武裝集團，以及被其慫恿的民兵們。這些愚蠢的傢伙想奪取核子彈頭當成功勞而逼近城堡。

我們毫無顧忌地讓他們陷入血海當中。我們占盡了地利。要阻止極度魯莽，而且以少人數不停重複無謂突擊的敵人是相當容易的一件事。

雖然當敵人操縱玩具般的無人機飛到這裡來時，因為一直無法將其擊落而感到不耐，但是羅伊他……

「這哪有什麼，反正看不見內部的模樣。外面的構造他們本來就很清楚了吧。說起來這本來是他們的城堡。」

以輕鬆的口氣這麼說道。

作為唯一入口的城門被堆積起來的瓦礫擋住並設置了地雷。將會把試圖靠近並進入的傢伙轟飛。

我在沒有任何感慨的情況下，看著誤入陷阱的男人們噴灑鮮血被炸成好幾塊的模樣。

城堡周圍的屍體不斷增加。

看見全身穿著鎧甲的人時，實在覺得這不像現實世界會發生的事。

是從哪裡的博物館拿出來的呢？彷彿穿著中世紀甲冑般的六個男人朝著城堡逼近。

我們射擊的5.56毫米子彈全被彈開——

最後他們變成ＲｏｃＫ反器材步槍的獵物全部都命喪當場。他們的屍體混在城堡周圍的屍體當中。開始覺得數大約有多少具屍體是件麻煩事了。

只有手拿「我們不是敵人」標語牌的男人們讓人難以做出判斷。

當然也有可能是前來自爆的敢死隊，但從外表看不出來。而且他們身上沒有任何武器也讓人感到奇怪。

軍隊時代在戰場上很難識別敵我雙方的經驗，讓我不知道該如何判斷。在原本認為只有敵人的場所出現願意幫忙己方的武裝組織並不是什麼稀奇的事。然後沒注意到這一點而互相開火也很常見。

只不過那些傢伙在其他敵人開始槍擊時就逃亡了，所以到最後都無法得知真相。

我恢復意識之後又過了吵雜的一個小時——敵人終於失去兵力了吧，包圍城堡的世界突然變得安靜。

每個人都希望時間能就這樣過去。

我同時也想著，不論是誰來進攻多少次，都會把他打回去。所以還是保持著警戒。最恐怖的就是像這種「休息時間」了，因為會讓腎上腺素的分泌減少以及集中力降低。

我持續用無線電對所有人做出指示，可能也因此而持續受到厭惡。

當距離直升機抵達的時間只剩下二十分鐘時，敵人有了動靜。

他們對南側城門發動了攻擊。不知道是從哪裡的裝甲車拆下來的，只見他們拿著具防彈機能的盾牌，排成一列往城堡進逼。

這是原始但相當有效的作戰。子彈既然都被彈開，也只能眼睜睜看著他們靠近了。

但是，靠得越近貫穿力就會越強，而且也會進入RPG—7的射程之內。

有辦法應付。沒有問題。直升機馬上就要來了。

我們沒有因此而慌了手腳。不對，應該說我沒有因此而慌亂。

一直到兩名部下戰死為止。

趁防守薄弱而從北門突破的是三名腳程相當快的敵人。

所有城門都設置了地雷，然後可以在監視者看準時機下把敵人轟飛。實在沒想到有人能夠穿越地雷衝進來。

雖然在城內打倒了兩個人，但是凱恩與伏特加也因為這場戰鬥而喪生。

當我聽見部下戰死的情報，還是無法相信自己的耳朵。甚至認為羅伊是在開玩笑。我有一瞬間忘記自己身處何方。

而且狀況還繼續惡化。待在尖塔的ＲｏｃＫ，手中至今為止相當活躍的反器材步槍被擊中了。

尖塔上監視的眼線一放鬆，南側的敵人便開始突擊。槍榴彈擊中城牆令其產生晃動。

「被壓制了——怎麼辦？」

守衛該處的哈珊做出的發言，讓我把防衛線從城牆拉回城堡裡面。不能繼續為了防守城牆而失去伙伴了。我要他們到更安全的城堡中避難，然後以炸藥和ＲＰＧ防守防衛更為堅固的城門。

還有另一件一定得做的事情。應該還有最後一名闖進城內的敵人才對。我們搜索並且發現了對方。我確實看見敵人了。

拿著P90衝過來，然後被我們綑綁住的是一名少女。嬌小的身材看起來跟我還是小學生的女兒差不多。

由於已經在無數的戰場看見過這種情形，所以「少年兵」本身並不值得驚訝。卡拉什尼科夫自動步槍的話，十歲的小孩子就能夠操作。就算是這樣，我還是對於敵方組織感到憤怒，因為他們竟然驅使這種年紀的女孩子來進行等同敢死自爆的攻擊。

反正再過幾分鐘直升機就要來了。是具備機關砲與火箭彈的武裝直升機。應該可以把城牆外側的敵人一網打盡才對。

我原本打算生擒這個小女孩，把她帶回去探聽出情報。

所以就算綑綁之後她進行反抗也沒有把她殺掉。

但是——

我因此而首次看見整個人從頭往牆壁上撞去的自殺方式。

小女孩自己全速往牆壁奔跑，然後頭部猛烈撞向牆壁。

室內響起脖子骨折的尖銳刺耳聲音。小女孩的臉轉往不可能轉到的方向。一邊發出從喉嚨吐出空氣的聲音一邊不停亂揮著嬌小的手腳，然後瞪大著眼睛死去了。

我有了首次在戰場嘔吐的經驗。

「傑克，別緊張，先冷靜下來。南門要撐下去根本不成問題。哈哈！讓那些傢伙嘗到被RPG轟飛出去的滋味吧！」

我聽著羅伊從無線電傳出的聲音，同時再次被恐怖的頭痛與目眩所襲擊。

「請振作一點！你是指揮官吧！」

進入房間並發出怒吼的是醫生。軟弱的男人曾幾何時已經變成一名戰士了。

「為了慎重起見，把彈頭移到中庭北側吧。外面沒有敵人。直升機一到就立刻讓它把我們接走吧！」

但是，這樣的話目前還在南側作戰的伙伴，也就是羅伊他們怎麼辦呢？

「相信他們吧。」

兩個人要搬運隱藏在通路深處的彈頭實在是太重了。

緊接著……

「羅伊，戰死！重複一遍，羅伊，戰死！」

RocK傳入耳裡的報告，讓手中的彈頭變得更沉重了。

至今為止從未想過存在這樣的言詞。

「被攻進來了！以火箭反擊！」

「哈珊呢？」

醫生這麼問……

「我沒說嗎？和ＲＰＧ的彈頭一起被轟飛了！但是這邊還撐得住！快一點！直升機馬上要來了！」

那就是ＲｏｃＫ最後的聲音了。

死了、死了。大家都死了。

部下死了。羅伊死了。

然後，到了這個時候我才這麼想。

有生以來首次有這樣的想法。

說不定——

我也會死嗎？

不，我不會死的。

就像至今為止一樣，我不會死。

還有五十秒直升機就來了。

我不會死。

和醫生一起拿著核子彈頭來到沒有敵人的北側……

「啊！」

這就是醫生最後的發言，說完後他就死了。

我立刻用Ｍ４Ａ１射擊，然後射擊了我手中武器的——

正是剛才死亡的那個小女孩。

等等，不對。

那個小女孩剛才已經死在城堡裡了。

是長得很像，穿著同樣服裝與裝備的某個人。或者是她的姊妹。

不知道是不是為了要報仇，那個小女孩散發出強烈的殺氣。我還是第一次看見那麼令人作嘔的生物。

對方的身體以驚人速度飛奔過來踢中我，然後以小刀對著我插下。

當她以小刀刺中我拔出來的手槍槍口時，連我自己也感到不可思議的是，我竟然開口對那個傢伙提問。

我問她為什麼要戰鬥。

「因為很有趣啊！」

小女孩笑著這麼回答。

啊，這傢伙就是我。

無法從戰鬥的興奮當中抽身而出，在和平的地方只會感到窒息的我。

拔出小刀，迴轉身體砍向我的小女孩，在我眼裡看起來是隻恐怖的怪物。

脖子被砍的我，用手按住噴出的熱血……

「這樣不對……我不想繼續下去……」

我開口這麼說。對著我自己這麼說。

這樣不對。這不是我希望的結局。我不想要這種生活方式。

「沒錯！」

站在眼前的小女孩這麼回答。

下一個瞬間，那個傢伙就用小刀朝我的眼睛插下。

纖細的刀刃變粗，最後視界染上一片漆黑。

＊　＊　＊

「嗨，傑克。你還好吧？」

白色天花板前面有一張黑色的臉龐。羅伊就在那裡輕揮著失去手指的手。

我正在醫院裡。無論怎麼看，這裡都是祖國的醫院，我正待在乾淨、舒適的空氣當中。

穿著心儀棒球隊T恤的羅伊，一邊在床旁邊的椅子上坐下一邊問道：

「你還記得嗎？」

我全部記得。記得很清楚。

「怎麼樣了？」

我死了。在那座城堡的戰鬥裡失去了生命。

「ＯＫ。那你最後的下場是？」

我和粉紅色的嬌小少女戰鬥，被她用小刀殺害。

「完全正確。太優秀了。」

沒有聽到聲音之前，都不知道病房裡還有另外一個人。

移動臉龐和視線，就看見醫生待在病床的另一邊。剛才被槍擊中而死亡的臉龐就在那裡。

只不過穿的是白袍。一名醫生正站在眼前。

我畏畏縮縮地把手伸向應該被割開的脖子，直接觸碰上面的皮膚。結果什麼都沒有。沒有繃帶，當然也感覺不到疼痛。

醫生緩緩把臉靠近並說：

「愛默生先生，您知道……」

眼鏡反射光線，讓人看不見他的眼睛。

「有『完全潛行型虛擬實境機器』這種東西嗎？」

只在孩提時代玩過電玩的我，當然不可能知道有那種東西。就連網路我都只會使用最基本的功能。

聽完醫生長時間的說明，還是過了一陣子才能理解。

也就是說，那個機器能阻絕身體所有感覺，然後對腦部傳送電子信號，強制讓人作一個跟現實世界完全相似的夢。

我根本不知道這個世界上有這種東西。

「在那裡產生的感覺，跟現實世界沒有什麼兩樣。」

這到底是怎麼回事？

「醫生，你的說明太遜了。」

「跟我說也沒用，實在沒辦法說明得更簡單了。」

「真拿你沒辦法。喂，傑克。我就把好消息和壞消息一起告訴你吧。」

什麼意思？

「我們不在天堂。」

是作夢嗎？

那場戰役、伙伴們的戰死以及那個小女孩都是夢嗎？

是被創造、被強行置入的夢嗎？

「沒錯。正是如此。你現在回想一下，不會覺得很奇怪嗎？謎樣的東歐國家、核子彈頭、巧到極點的喪失記憶、不斷進逼的敵人、無法接通的無線電，還有為什麼不等兩個小時直升機就不會來。嗯，因為越大的謊言反而越容易相信，所以才會採用那種異想天開的設定啦。」

聽見羅伊這麼說，我也只能同意了。

確實很多事情都很奇怪。但是在作夢時，不論如何奇怪的事情感覺都很真實。至今為止的人生裡，已經有過好幾次這樣的經驗。

「真的很順利吧？我創作的情節太完美了。」

醫生開始老王賣瓜了起來。

那到底為什麼要這麼做？

「在這之前，有件事情我要先問你。你可得老實回答我啊，戰友。」

什麼事呢，戰友？

「你還想去『工作』嗎？想去跟那個夢境一樣的地方嗎？」

全部都不是現實。

是剛才醫生所說的那個「Medicu什麼」的機械，強行讓我作了個夢。

而委託者當然就是——

「是麗莎喔。她哭著來求我。理由你應該也知道吧？」

羅伊告訴我，委託人正是我的妻子。

理由先是模糊地從腦袋裡浮現，最後變成明確的記憶重新甦醒。

妻子表示要投保新的健康保險，所以要我去做健檢，於是我便按照指示先去接受胃部的內視鏡檢查。

無奈的我只能躺在醫院床上。結果院方說打鎮靜劑比較不會那麼辛苦，於是我就在同意書上簽了名。

那是短短半天前，也就是今天早上發生的事情。

「當然我也答應要幫她的忙。」

這麼說的羅伊是為了增加對我的說服力而被僱用。

在其他機械當中進入同一個夢中世界，然後演戲說要跟我一起戰鬥。

醫生也為了觀察我在裡面的情況而進入同一個世界。同時也肩負起根據狀況改寫劇本的任務。

其他的伙伴們——凱恩、RocK、伏特加、哈珊全都是具一定水準的退休士兵，然後過去也都接受過讓人不想再回到戰場去的「治療」。但是不像我這樣大費周章，聽說只是以虛擬實境再次體驗戰場，慢慢地弭平他們的心理創傷。

「因為知道半吊子的衝擊療法對你沒有用。」

羅伊聳聳肩這麼說道。

他們是從數個完全潛行型虛擬實境遊戲裡，選擇最能真實重現現代戰與槍擊戰的遊戲來作為虛擬戰場的舞台。我從未聽過那個遊戲的名字，也沒有打算記住。

在那個地點，我面臨的是「無論如何都得戰死」的劇本。

如果我沒有被那個小女孩殺死，羅伊或者某個人就會變成「其實沒有死」。

然後突然成為背叛者，以卑鄙且殘忍的方法殺掉我。

「戰友，你真的很強。所以不論在什麼樣的戰場、『職場』，都能用頭腦、勇氣與強運存活下來。而且從未受過傷，失去過任何同伴。就像是持續獲勝的賭徒一樣。由於從來沒有輸過，所以可以毫不猶豫地賭上自己的性命。變得無法理解自己是在做多麼危險的事情。也無法預想自己『失敗』的那一幕。」

我默默聽著羅伊的話。從未輸過的賭客，這確實是相當貼切的比喻。

這時醫生開口這麼問：

「那麼，怎麼樣呢？還會想上戰場嗎？」

「醫生，這我剛才問過了喔。」

「嗯，但是沒有獲得愛默生先生本人的回答。」

「喂喂，這應該不用說也知道吧？」

「不行。而且我必須聽他說出口，把一切全記錄下來。」

「啊～所以說我真是受不了醫生這種傢伙……」

No！

我只回了這麼一句話。

這是那個小女孩最後對我說的單字。

我如此詢問醫生。

那個小女孩，也就是最後與其戰鬥的恐怖對手到底是什麼身分。

「噢，你說那個嗎？」

醫生把眼鏡往上推之後，就像一切全是自己的功勞般說道：

「為了當我們的敵人所創造出來的，由人工智慧所控制的最強ＮＰＣ喔。」

「ＮＰＣ」是什麼東西？

「噢，要從這裡開始說明嗎……」

「愛默生先生，今天就住院一天，讓我們觀察身體的變化吧。別擔心，我們準備了舒適的單人病房與美味的餐點──就像飯店一樣。傍晚時您的夫人與小姐們也會過來。那我們過一會兒再見了。」

多話的醫生離開病房後，就只剩下我和戰友兩個人了。

我終於能說出一直想說的話了。

你沒有死真是太好了。

我今後也能驕傲地說，我是從未失去過小隊伙伴的士兵了。

「是啊。我早知道你是個很厲害的傢伙。等我們變成老頭之後，再一起喝酒聊聊這次的事情吧。」

在那個夢境裡，你一直都是在演戲嗎？

「是啊。那就是我的任務。」

這個臭傢伙。完全被你給騙了。

羅伊輕輕揮舞缺了手指的手並說：

「可以拿奧斯卡金像獎了吧？」

夏日的某一天——

我回到戰場。

不對，是被帶回去。

然後我就清楚地知道。

人生最重要的地點不是戰場。

而是家人在等待的日常生活。

人生最重要的行為並非賭博。
而是確實地活下去。

一直沒有注意到這一點的我，
那一天，在那個戰場上陣亡了。

那一天——
我得以回歸日常。

一輩子都忘不了那個夏天的事情。

（完）

後記特別短篇

「二〇二六年遊戲之旅」

某一天的某個地點，小比類卷香蓮和篠原美優正在閒聊。

「嗯，在GGO就可以享受小不點的虛擬角色了，所以覺得稍微玩一點其他的遊戲也不錯啦……」

「這可是妳說的喲！小比，妳可別反悔喲！我確實聽見了！很好！就讓我這個『北國遊戲公主』篠原美優小姐來詳細介紹各種完全潛行型虛擬實境遊戲給小比知道吧！」

「我還是第一次聽見這個綽號。」

「剛才想到的。」

「自稱的嗎——真的有那麼多VR遊戲？」

「多到快爛掉喲。裡面也有真的爛的喲。」

「我不要爛的。」

「小比為了尋找喜歡的虛擬角色而不停更換遊戲已經是一年前的事情，以數量來說已經又多出幾倍了吧。嗯，我沒真的數過就是了。」

「嗯，好厲害。」

「這一切全是託那個叫作『The seed』的謎樣基礎系統的福——太複雜的事情就不說了。嗯，總之就是有意願的話很簡單就能製作出來，所以大家都拚命地創作。好，我來介紹吧！」

「拜託了。」

「首先介紹奇特一點的吧。遊戲名稱叫作『Dasijiru Of The Dead』——簡稱DOTD。」

「唔唔？『～Of The Dead』的話，是美優喜歡的活屍之類的嗎？」

「沒錯。這是活屍遊戲。玩家是『活著的人類』，要在『活著的屍體』，也就是活屍肆虐的恐怖世界——」

「為了活下去而戰鬥？」

「錯了。是熬湯頭。」

「……啥？」

「那個世界的活屍，只要丟下去熬煮就能熬出美味的湯頭。味道足以讓鰹魚和昆布相形失色。賭命追捕活屍，用大鍋加以熬煮，熬出最美味的湯頭來做出美味的料理。這就是追求極致湯頭的遊戲。真的要分類的話，應該是屬於狩獵＆料理遊戲吧。」

「……介紹實際存在的遊戲好嗎？」

「就真的有啊！很受歡迎耶！下次我們一起去看看吧！可以吃到虛擬世界裡最美味的拉麵喔！」

「稍微普通一點的比較好……」

「真拿妳沒辦法。那這款如何？名稱是『戰鬥媽媽』——大家都稱為『戰媽媽』或者『戰媽』。」

「不會吃活屍了吧？」

「忘了那件事吧。戰媽的玩家全部是年輕媽媽。」

「啥？」

「就是媽媽啊。母親。Mammy。Mutter。嗯，不過男性玩家是『外表看起來像媽媽的爸爸』啦。然後都要抱著小孩。」

「育兒遊戲？」

「可以說是也可以說不是。」

「到底是不是。」

「成為媽媽的玩家，必須一邊育兒一邊戰鬥。這個世界的奶粉、紙尿布、奶瓶等數量都很少。為了養育自己的孩子，必須要打倒其他的媽媽才行。」

「果然還是得戰鬥嗎？」

「Yes。媽媽為了自己的孩子而戰。菜刀固然很強，但是用盆栽揍人可以發揮很大的效果。等級上升之後，可以用嬰兒車衝撞或者把敵人塞進洗衣機裡。當然孩子長得越大經驗值就會越多。順帶一提，傷害力最大的不是敵人媽媽的攻擊，而是沒有同理心的工作狂老公無心的發言。這款遊戲是在和平的家庭生活當中注入極度殺伐的戰鬥來炒熱氣氛，現在很受歡迎喔。」

「那個，嗯，是比剛才的好一點……」

「沒有食指大動的感覺嗎？妳這傢伙的嘴真是刁……」

「不想戰鬥的話，也有很有趣的競速遊戲。叫作『Fright Flight』，簡稱浮啦浮啦。」

「好像要去哪裡旅行的名字。為什麼要重複兩個一樣的字？」

「聽起來一樣其實不同喲。第一個浮啦的字母是R，第二個則是L。」

「Fright Flight嗎。也就是恐怖．飛行？」

「光是這樣就了解意思……妳是外國人嗎？」

「不，我是日本人。」

「那款遊戲呢，玩家將成為民航機的機長，然後駕駛超快的超音速民航機。說起來就是飛行遊戲的一種。它很真實地呈現操縱席，玩家必須緊握住操縱桿。然後從窗戶看出去的景色真的很美。」

「聽起來很和平。」

「但既然是民營航空公司，就必須比在同一條航線上競爭的對手公司飛機更快抵達目的地。」

「原來如此。所以才是競速遊戲嗎？」

「沒錯。大家都同時起飛朝著目標飛行，除了辨識天候的力量與飛行技術之外，還有為了贏得競賽所需要的技巧。那就是——」

「就是？」

「『丟包多少乘客』。」

「啥？」

「一開始是數百人，分三個等級的座位搭機。經濟艙的人當然最多。然後每個乘客都設定了體重和『付了多少機票錢』。以正規管道購票的話價格就相當貴，跟團的旅客或者買特價票的旅客付的錢就比較少。然後重量較輕的飛機當然飛得比較快。會成為負擔的東西，把它丟掉當然比較好吧。指定座位號碼並按下按鈕，就會連同座椅一起往下掉來減輕重量。」

「喂——」

「但是，必須把飛行中丟包的乘客所付的票錢還回去，最後可能會沒有利潤。所以必須考慮體重與機票錢，然後不斷丟包乘客讓飛機變輕來朝著終點前進。這種戰略性就跟益智遊戲一樣有趣。偶爾頭等艙會出現相撲力士般的巨漢，於是就產生『把這個傢伙丟掉應該就能贏，但是他是正常買票的乘客，也會有不少損失……』這樣的糾葛。另外飛機是必須保持平衡的交通工具，也得考量到這一點來丟包乘客才行。」

「問個重要的問題……被丟掉的乘客會怎麼樣？」

「誰知道呢。」

「小比啊，沒有一款觸動妳的心弦嗎？」

「完全沒有。應該說，全是些很想稱讚製作者『這些遊戲竟然沒有在企劃階段就被中止耶』的遊戲。」

「那多令人害臊啊……」

「我不是那個意思。應該說，就沒有那種讓人覺得溫暖幸福的遊戲嗎？」

「喂喂，遊戲就是戰鬥喲。不是生就是死。Dead or alive啦。」

「稍微通融一下。」

「真拿妳沒辦法。那就介紹這款『絕對不會有人死』的遊戲，『75DAYS』吧。順帶一提，它唸作『Nanago days』。是日本製的喲。」

「是什麼樣的遊戲呢？」

「是在虛擬世界過生活的遊戲，嗯，就是以虛擬角色的身分，在和現實世界頗為相似但是又不是完全相同的世界過普通生活。因為是沒有飢餓與戰爭的世界，所以系統上沒有角色死亡的狀態。目的是要在遊戲內增加朋友和戀人。可以直接見面談話，也可以在那個世界利用SNS或者網路留言板。嗯，既然是完全潛行遊戲，當然還是直接見面比較好吧。可以練習看著人的眼睛說話喔。」

「讚讚讚。感覺很溫暖。」

「但是玩著玩著就會傳出不實的謠言。」

「啥？」

「謠言啊。而且全是不好的謠言。像是那個人吸毒還是劈腿之類的，或者其實是殺了三個人的逃犯。玩家們即使謠言不斷擴散，也只能拚命努力活下去。相信謠言的人不是突然就斷了聯絡，就是以冷淡的態度來對待你。好不容易增加的朋友，也可能一個晚上就大量減少。簡單來說，心理素質要是不堅強一點的話，就無法享受這個遊戲。」

「太糟糕了。」

「它就是這樣的遊戲啊。看見遊戲名稱還沒注意到嗎？」

「『謠言傳不過七十五天』……」

「正是如此。順帶一提，自己也不斷放出別人的謠言也算是遊戲的醍醐味喲。沒有必要所有人都能獲得幸福吧？」

「…………」

「順帶一提，這個遊戲因為沒有『玩家死亡』的設定，所以不論跌到多深的谷底都得繼續玩下去，只能靠自己的力量拚命爬上來。」

「…………」

「是Alive or alive喲。」

「美優……我知道了。」

「哦？知道什麼？」

「我還是玩ＧＧＯ就好。感覺在ＧＧＯ射擊、突刺、爆破來幹掉敵人最符合我的個性。」

「我就覺得妳會這麼說。」

完

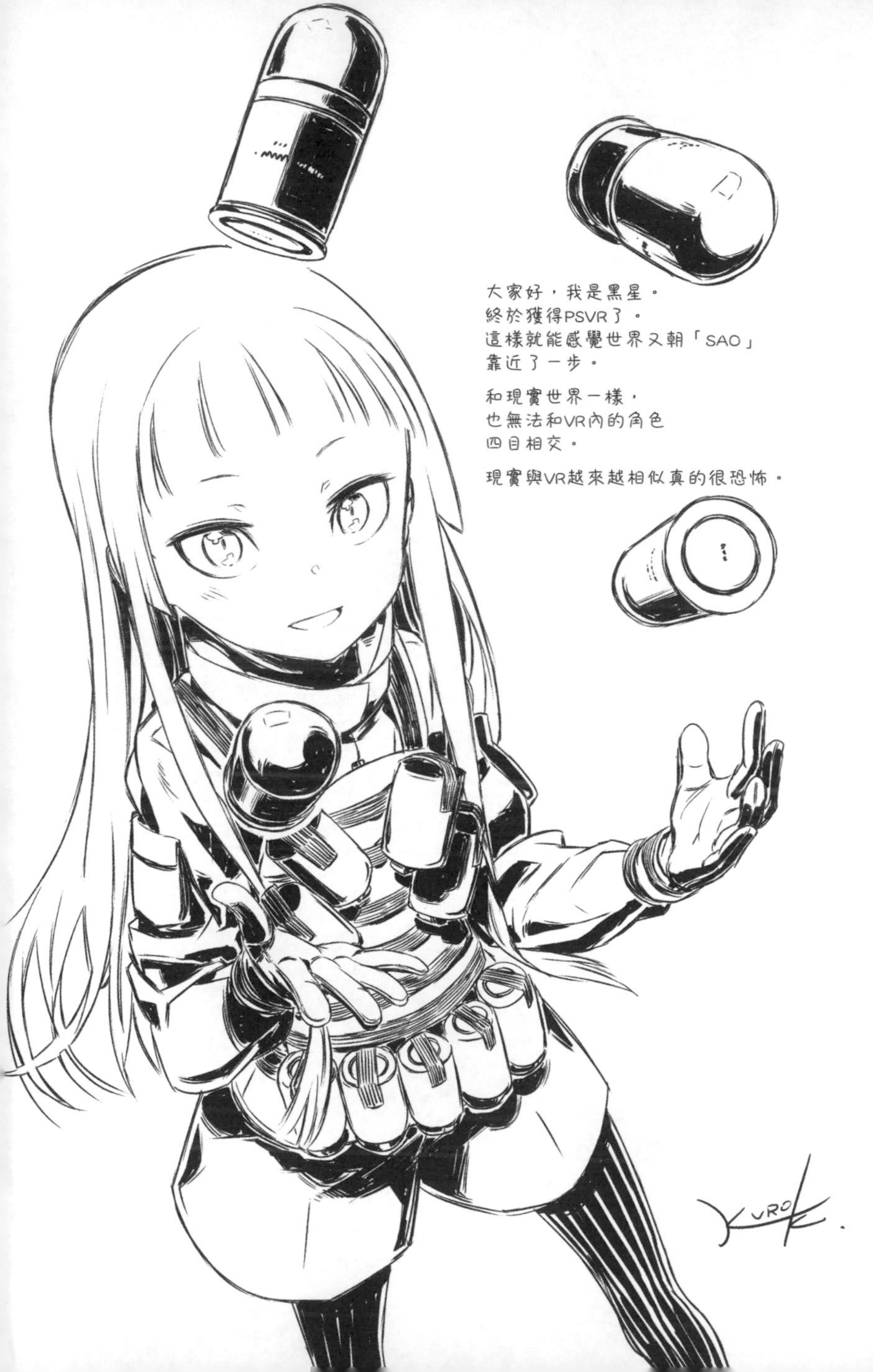

大家好，我是黑星。
終於獲得PSVR了。
這樣就能感覺世界又朝「SAO」
靠近了一步。

和現實世界一樣，
也無法和VR內的角色
四目相交。

現實與VR越來越相似真的很恐怖。

©RAKUDA 2017

Kadokawa Light Novels

喜歡本大爺的竟然就妳一個？ 1~4 待續

Kadokawa Fantastic Novels

作者：駱駝　插畫：ブリキ

那個最強無敵Pansy的天敵出現了。
正因如此，我要對Pansy表白愛意！

我在Pansy也就是三色院董子「爭奪戰」中輸了。有個厲害的傢伙擋在前面。即使我已經有所成長，但坦白說根本沒勝算吧。可是，我非做不可，為了搶回Pansy，為了解開Pansy的「詛咒」。這是高中生活最大的挑戰。好了，強敵，給我等著吧！

各 **NT$200~230/HK$60~70**

台灣角川

Kadokawa Light Novels——

古書堂事件手帖外傳

小口同學與我的文現對戰社活動日誌

Kadokawa Fantastic Novels

作者：峰守ひろかず　插畫：おかだアンミツ　原作・監修：三上　延

暢銷小說《古書堂事件手帖》系列外傳登場！
愛書少女與戀愛少年挑戰書籍推薦對戰的青春故事——

　　隸屬於圖書社的卯城野小口，是個只要一讀起書來就會沉浸於作品世界裡的女孩，只有舊圖書室能讓她靜下心來閱讀。為了拯救即將關閉的舊圖書室與小口，興趣為網路朗讀與創作中二病小說的前河響平挺身而出，共同挑戰書評競賽「文現對戰」——

台灣角川

NT$220/HK$68

Kadokawa Light Novels

勇者無犬子 1 待續

Kadokawa Fantastic Novels

作者：和ヶ原聡司　插畫：029

我的老爸是異世界勇者!?
《打工吧！魔王大人》搭擋獻上平民派奇幻冒險！

這天，位於所澤的普通家庭劍崎家客廳瀰漫著一股緊張氣氛。謎樣金髮美少女蒂雅娜出現在家中說道：「我前來召喚勇者英雄．劍崎。」劍崎康雄本以為遊戲情節降臨在自己這平凡高中生身上，沒想到勇者是自己老爸！拯救異世界前家庭和平就面臨大危機？

台灣角川

NT$240/HK$75

Kadokawa Light Novels

打工吧！魔王大人 0~0-2 待續

Kadokawa Fantastic Novels

作者：和ヶ原聡司　插畫：029

魔王真奧等惡魔的前傳還有後續！
惡魔大元帥馬納果達於小說首次露臉！

在艾謝爾率領的鐵蠍族加入後，幹部路西菲爾居然因為不滿自己在新生魔王軍內的待遇，進而反叛！他聯合南部惡魔馬勒布朗契族，令魔王等人陷入苦戰——？描寫在四天王聚集到企圖統一魔界的魔王身邊前，真奧仍是魔王的前傳第二集，就此登場！

各 **NT$200~240/HK$55~75**

台灣角川

國家圖書館出版品預行編目資料

Sword Art Online刀劍神域外傳Gun Gale Online, 6, One Summer Day / 時雨沢惠一作 ; 周庭旭譯. -- 初版. -- 臺北市 : 臺灣角川, 2018.10
面 ; 公分
譯自 : ソードアート・オンライン オルタナティブ ガンゲイル・オンライン. Ⅵ, ワン・サマー・デイー
ISBN 978-957-564-476-5(平裝)

861.57　　107013883

Kadokawa
Fantastic
Novels

Sword Art Online刀劍神域外傳 Gun Gale Online 6

—One Summer Day—

（原著名：ソードアート・オンライン　オルタナティブ　ガンゲイル・オンラインⅥ ーワン・サマー・デイー）

2018年10月18日　初版第1刷發行

作　者：時雨沢惠一
插　畫：黑星紅白
原案・監修：川原礫
日版設計：BEE-PEE
譯　者：周庭旭

發行人：岩崎剛人
總經理：楊淑媄
資深總監：許嘉鴻
總編輯：蔡佩芬
副主編：朱哲成
美術設計：宋芳茹
印　務：李明修（主任）、黎宇凡、潘尚琪
發行所：台灣角川股份有限公司
地　址：105台北市光復北路11巷44號5樓
電　話：（02）2747-2433
傳　真：（02）2747-2558
網　址：http://www.kadokawa.com.tw
劃撥帳戶：台灣角川股份有限公司
劃撥帳號：19487412
法律顧問：有澤法律事務所
製　版：巨茂科技印刷有限公司
ISBN：978-957-564-476-5
香港代理：香港角川有限公司
地　址：香港新界葵涌興芳路223號
新都會廣場第2座17樓 1701-02A室
電　話：（852）3653-2888